हिन्द पॉकेट बुक्स

कौन थे हमारे पूर्वज?

मानव के विकास की कहानी बहुत रोचक है। आम तौर से मानव के विकास के बारे में बहुत-सी ग़लत धारणाएँ प्रचलित हैं, जैसे यह कि मानव के पूर्वज बंदर थे। इससे जुड़े हुए बहुत सारे दूसरे सवाल भी हैं, जैसे आज दुनिया में जिस मानव को हम देखते हैं, उसका विकास कैसे हुआ? धरती कैसे बनी? धरती पर जीवन की शुरुआत कब हुई? पहला मानव किसे माना जाता है? क्या मानव धरती पर शुरू से ही है? वे कौन-से सबूत और उपकरण हैं, जिनके आधार पर हम मानव के विकास की कहानी का ताना-बाना बुनते हैं? क्या पहले के मानव के पास वाहन होता था? क्या वह भाषा का इस्तेमाल कर सकता था? पहले का मानव क्या खाता था? उसके घर कैसे होते थे?

इन और ऐसे बहुत-से सवालों के जवाब इस पुस्तक में देने की कोशिश की गई है, जिनसे ग़लत धारणाएँ दूर होती हैं और मानव के विकास की सही कहानी से परदा उठता है।

सुरुचिपूर्ण एवं रोचक ज्ञान-विज्ञान साहित्य

कौन थे हमारे पूर्वज?

प्रो. राजेश कुमार

हिन्द पॉकेट बुक्स

पेंगुइन रैंडम हाउस इम्प्रिंट

हिन्द पॉकेट बुक्स

यूएसए | कनाडा | यूके | आयरलैंड | ऑस्ट्रेलिया | सिंगापुर
न्यू ज़ीलैंड | भारत | दक्षिण अफ्रीका | चीन

हिन्द पॉकेट बुक्स, पेंगुइन रैंडम हाउस ग्रुप ऑफ़ कम्पनीज़ का हिस्सा है,
जिसका पता global.penguinrandomhouse.com पर मिलेगा

पेंगुइन रैंडम हाउस इंडिया प्रा. लि.,
चौथी मंजिल, कैपिटल टावर -1, एम जी रोड,
गुड़गांव 122 002, हरियाणा, भारत

पेंगुइन
रैंडम हाउस
इंडिया

प्रथम संस्करण हिन्द पॉकेट बुक्स द्वारा 2015 में प्रकाशित
यह संस्करण हिन्द पॉकेट बुक्स में पेंगुइन रैंडम हाउस द्वारा 2022 में प्रकाशित

10 9 8 7 6 5 4 3 2

इस पुस्तक में व्यक्त विचार लेखक के अपने हैं, जिनका यथासंभव तथ्यात्मक
सत्यापन किया गया है, और इस संबंध में प्रकाशक एवं सहयोगी
प्रकाशक किसी भी रूप में उत्तरदायी नहीं हैं।

ISBN 9789353491772

मुद्रकः रेप्रो इंडिया लिमिटेड

www.penguin.co.in

FSC www.fsc.org MIX Paper from responsible sources FSC® C047271

This is a legitimate digitally printed version of the book and therefore might not
have certain extra finishing on the cover.

क्या आप बंदर हैं ?

"हमारे पूर्वज बंदर थे," अध्यापक के इस कथन पर सौम्य का ध्यान अटक गया।

कल ही तो बंटी से उसका झगड़ा हुआ था। जब बंटी एड़ी-चोटी का ज़ोर लगाने के बाद भी सौम्य को खेल में आउट करने में कामयाब नहीं हुआ, तो उसने आरोप लगाया, "तुम चीटिंग कर रहे हो।"

"कैसे?" सौम्य ने हँसकर कहा, "मैं तो सीधे-सीधे खेल रहा हूँ।"

"तो तुम आउट क्यों नहीं होते?" बंटी ने बिसूरते हुए कहा।

"मुझे आउट नहीं होना," सौम्य ने हँसकर कहा, "तुम्हें मुझे आउट करना है।"

"बंदर कहीं का!" बंटी को कुछ नहीं सूझा, तो झल्लाकर बोला और गेंद फेंककर भाग गया।

सौम्य को बहुत ग़ुस्सा आया। एक तो वह खेल बीच में छोड़कर भाग गया था और ऊपर से उसे बंदर भी कह गया था। जब उसे ग़ुस्सा आता था, तो वह रोने लगता था। वह रोते-रोते माँ के पास गया और बंटी की शिकायत करने लगा। माँ ने उसे बहलाकर चुप करा दिया और खाने के लिए आइसक्रीम दी। बोलीं, "तुम बंदर कहाँ से हुए, तुम तो मेरे राजा बेटा हो! बंटी तो मज़ाक कर रहा होगा।"

बंदर को पहले-पहल सौम्य ने तब देखा था, जब एक मदारी उनके मोहल्ले में बंदर और बंदरिया का नाच दिखाने आया था। तब वह बहुत छोटा था। बंदर

और बंदरिया को मदारी ने रंग-बिरंगे कपड़े पहनाए हुए थे। बंदरिया के पैरों में घुँघरू बँधे हुए थे। बंदर की कलाई पर नकली घड़ी चमक रही थी। मदारी के हाथ में डुगडुगी थी, जिसे बजा-बजाकर वह उन्हें नचा रहा था... कड़ाक्!

बंदर और बंदरिया कभी चार टाँगों पर चलते थे और कभी पिछली दो टाँगों पर खड़े होकर नाचते थे। सौम्य उन्हें देखकर बहुत ख़ुश हुआ था। वह भी ताली बजा-बजाकर नाचने लगा था।

फिर एक दिन वह अपनी माँ के साथ मंदिर गया था। वहाँ लाल रंग की एक मूर्ति देखकर उसके मुँह से निकल गया था, "मम्मी, बंदर!"

मम्मी ने चौंककर उस ओर देखा था, जिधर सौम्य उँगली से इशारा कर रहा था। तुरंत पलटकर उन्होंने सौम्य को डाँटा था, "चुप, बुरी बात! ये भगवान जी हैं, चलो हाथ जोड़कर जय करो।"

आज्ञाकारी पुत्र की तरह सौम्य ने दोनों हाथ जोड़कर मूर्ति की 'जय' की थी। लेकिन उसके मन में एक बात बार-बार घूम रही थी कि इन भगवान जी का मुँह बंदर जैसा क्यों है, और बंदर जैसी ही पूँछ क्यों है?

जब सौम्य पाँच साल का था, तो बंदर से उसकी अगली मुलाकात हुई थी। वह अपने माता-पिता के साथ चिड़ियाघर घूमने के लिए गया था। वहाँ उसने तरह-तरह के बंदर देखे थे। किसी के पिंजरे के आगे चिंपांजी लिखा हुआ था, तो किसी के पिंजरे के आगे लंगूर। माता-पिता के कहने पर उसने एक बंदर की तरफ़ केला बढ़ाया, तो उसने झपटकर ले लिया था। सौम्य को डर भी लगा था कि कहीं वह केले के साथ-साथ उसका हाथ भी न पकड़ ले।

बंदर पिंजरे में बने एक तख्ते पर आराम से बैठ गया था। केले को उसने ठीक उसी तरह से छीला, जैसे सौम्य छीलता था। फिर थोड़ा-थोड़ा करके केले को उसने उसी तरह खाया, जैसे सौम्य खाता था।

सौम्य को याद आया कि एक बार उसने गाय के सामने केला फेंक दिया था, तो वह उसे बिना छीले ही पूरा-का-पूरा खा गई थी।

वहीं चिड़ियाघर में सौम्य ने देखा कि एक बंदरिया अपने छोटे बच्चे को गोद में बिठाकर दूध पिला रही थी। उसकी माँ भी मिनी को इसी तरह दूध पिलाती थी।

सौम्य बार-बार सोचता, "जब बंदर हमारी तरह ही काम करते हैं, तो हममें और उनमें क्या फ़र्क़ है?"

एक बार तो बड़ी गड़बड़ हुई थी। सौम्य के पड़ोस में हरीश बाबू नए-नए

जीवन का विकास

आए थे। जब भी वह उन्हें देखता, तो उसे लगता कि उनकी शक्ल बंदर से बहुत मिलती है। जब हरीश बाबू उनके घर मिलने के लिए आए, तो उसने उनसे पूछ ही लिया, "चाचाजी, क्या आप बंदर हैं?"

तब सौम्य को बहुत डाँट पड़ी थी। हरीश बाबू तो खिसियाते हुए "कोई बात नहीं, बच्चा है" कहते रहे थे, लेकिन उनके सामने और फिर पीछे भी, उसके पिता ने उसे बहुत डाँटा था। मुसीबत तो यह थी कि उसकी समझ में नहीं आ रहा था कि उसने ऐसा क्या गजब कर दिया था? वह तो हरीश चाचा से

और भी बहुत सारे सवाल पूछना चाहता था, जैसे, "आप पिंजरे से निकलकर कैसे आ गए?" और "आप यहाँ क्यों रह रहे हैं?" आदि।

एक बार सौम्य जब अपने घर की छत पर दोस्तों के साथ गेंद से खेल रहा था, तो न जाने कहाँ से एक बंदर वहाँ आ गया। सब इधर-उधर भागकर छिप गए। सौम्य वहीं खड़ा रहा और बंदर की तरफ़ देखकर मुसकराने लगा। बंदर उछलकर उसके सामने आया और नीचे पड़ी हुई गेंद उठाकर भाग गया। सौम्य की समझ में नहीं आया कि बंदर गेंद उठाकर क्यों भागा था? वह तो उसे अपने साथ खिलाने के लिए तैयार था।

और अब अध्यापक कह रहे थे, "बंदर हमारे पूर्वज हैं।"

सौम्य की समझ में नहीं आया कि अगर बंदर हमारे पूर्वज हैं, तो वे बिलकुल हमारे जैसे क्यों नहीं हैं? पूर्वज हैं, तो वे अभी तक इस दुनिया में क्या कर रहे हैं? और अगर वे अभी तक इस दुनिया में हैं ही, तो वे हमारे साथ क्यों नहीं रहते?

सौम्य ने चाहा कि अध्यापक से ये सारी बातें पूछे, लेकिन तब तक वे किसी और विषय पर बात करने लगे थे। सौम्य की उन्हें टोकने की हिम्मत नहीं हुई।

स्कूल से सौम्य घर लौटा, तो बहुत अनमना था। न उसका खाने में मन लगा, न खेलने में। उसकी समझ में नहीं आ रहा था कि अपने मन की उलझन वह किसके सामने रखे?

शाम हुई, तो सौम्य छत पर चला गया और सिर झुकाए टहलने लगा। अचानक उसके कानों में एक आवाज़ आई, "कहो, कैसे हो सौम्य?"

सौम्य ने मुड़कर देखा। पीछे हरीश बाबू खड़े हुए थे। उन्हें देखकर उसे पुरानी घटना याद हो आई और वह कुछ सकुचा गया। फिर भी, क्योंकि सवाल का जवाब न देना धृष्टता होती, इसलिए उसने फीकी मुसकराहट से जवाब दिया, "ठीक हूँ, चाचाजी। आप कैसे हैं?"

"मैं तो अच्छा हूँ," हरीश बाबू बोले, "लेकिन तुमने झूठ कबसे बोलना शुरू कर दिया?"

"झूठ," सौम्य ने आश्चर्य से कहा, "मैं कुछ समझा नहीं!"

"साफ़ दिख रहा है कि तुम चिंतित हो," हरीश बाबू ने मुसकराकर कहा, "क्या स्कूल में मार पड़ी है?"

"नहीं चाचाजी, ऐसी तो कोई बात नहीं है। मैं इतना ख़राब विद्यार्थी नहीं हूँ।" सौम्य ने हँसकर कहा।

"तो फिर माँ ने डाँटा होगा," हरीश बाबू बहुत दोस्ताना लहजे में बात कर रहे थे।

"नहीं चाचाजी," सौम्य अनायास कह गया, "दरअसल मेरे मन में बहुत सारे सवाल घूम रहे हैं।"

"अच्छा, ऐसे कौन-से सवाल हैं, जो तुम्हें परेशान कर रहे हैं," हरीश बाबू ने अपनेपन से कहा, "बताओ, शायद मैं कुछ मदद कर सकूँ।"

सौम्य को हरीश बाबू के अपनेपन से बहुत उत्साह मिला और उसने अपने सारे सवाल उनके सामने रख दिए।

सवाल सुनकर हरीश बाबू बहुत खुश हुए। उन्होंने कहा, "तुम्हारे सवाल तो बहुत बुद्धिमत्ता से भरे हुए हैं, सौम्य। और तुम्हें जानकार ख़ुशी होगी कि यह मेरी पसंद का भी विषय है। मैं कॉलेज में यही विषय पढ़ाता हूँ।" हरीश बाबू ने सौम्य को बताया, "और अगर तुम ये बातें समझना चाहते हो, तो चले आओ मेरे घर। हम बातें करेंगे और तुम्हारे सवालों के जवाब तलाशने की कोशिश करेंगे।" हरीश बाबू ने निमंत्रण दिया।

अंधा क्या चाहे दो आँखें—यह सुनकर तो सौम्य ख़ुशी से झूम ही उठा।

"चाचाजी, मैं माँ से पूछकर अभी आया।" कहकर सौम्य छत से नीचे चला गया।

बिग बैंग यानी जीवन की शुरुआत

"देखो सौम्य," हरीश बाबू ने बात शुरू की, "ऐसा माना जाता है कि हमारी धरती पर जीवन एक ही साथ शुरू हुआ था।"

"अच्छा कमाल की बात है।" सौम्य ने कहा, "लेकिन चाचाजी, जीवन की शुरुआत हुई कैसे थी?" उसने पूछा।

इस पर हरीश बाबू उठे और अपनी मेज़ से एक पिन उठाकर ले आए और सौम्य को थमा दी। सौम्य की समझ में कुछ नहीं आया। उसने सवालिया निगाहों से हरीश बाबू की तरफ देखा।

"इस पिन के सिर को देखो।" हरीश बाबू ने कहा।

सौम्य ने पिन के सिर को देखा, लेकिन उसके अपने सिर में अभी भी कुछ नहीं घुसा।

"अच्छा बताओ," हरीश बाबू ने कहा, "तुम्हारे ख्याल से पिन के सिर जितनी जगह में कितनी चीज़ें आ सकती हैं?"

"यह तो बहुत छोटी-सी जगह है," सौम्य ने कहा, "इसमें तो मुश्किल से ही कोई चीज़ आ सकेगी।"

"और अगर मैं कहूँ कि हमारा सारा ब्रह्मांड—सारे ग्रह, नक्षत्र, सागर, जीव-जंतु, वनस्पति, स्थान वगैरह सबके सब शुरू में इस पिन के सिर जितने स्थान में ही समाए हुए थे, तो तुम क्या कहोगे?"

"मैं बिलकुल नहीं मान सकता," सौम्य ने कहा और इनकार में सिर हिलाया, "ऐसा कैसे हो सकता है?"

"तुमने बड़ा गुब्बारा तो देखा होगा।" हरीश बाबू ने कहा, "जब गुब्बारे में हवा भरी होती है तो वह कितना बड़ा दिखाई देता है, लेकिन जब उसकी हवा निकल जाती है तो उसका आकार पूरे फूले हुए गुब्बारे की तुलना में बहुत छोटा हो जाता है।"

"हाँ, यह बात तो है।" सौम्य ने हामी भरी।

"तो जब जीवन मौजूद नहीं था तो उससे पहले पूरा ब्रह्मांड अपने अविकसित

रूप में इतने ही छोटे बिंदु, छोटे-से स्थान में समाया हुआ था। वैज्ञानिकों का मानना है कि जिस पल ब्रह्मांड की शुरुआत हुई, उस पल उस छोटे-से बिंदु में विस्फोट हुआ। इसे 'महाविस्फोट' या 'बिग बैंग' सिद्धांत कहा जाता है।"

"जैसे पटाखा फूटता है?" सौम्य ने पूछा।

"नहीं, वैज्ञानिक कहते हैं कि वास्तव में कोई विस्फोट जैसा नहीं हुआ," हरीश बाबू ने कहा, "बल्कि यह छोटा-सा बिंदु ऊर्जा का पिंड था, जिसने विस्तार करना शुरू कर दिया और जो अरबों-खरबों वर्षों से होता हुआ आज हम तक पहुँचा है और आज भी इसका विस्तार लगातार हो रहा है।"

"अच्छा, इसका मतलब है कि जैसी दुनिया हमें दिखाई देती है, वैसी वह आगे के वर्षों में दिखाई नहीं देगी?" सौम्य ने आश्चर्य से पूछा।

"हाँ, लेकिन इसमें इतना अचरज करने की क्या बात है!" हरीश बाबू ने कहा, "तुम भी तो आज वैसे दिखाई नहीं देते, जैसे तुम बचपन में थे!"

"हाँ, यह तो बिलकुल सही बात है।" सौम्य ने कहा, फिर जिज्ञासा की, "और यह बिंग बैंग कब हुआ?"

"वैज्ञानिकों का मानना है कि लगभग 15 खरब या बिलियन साल पहले बिग बैंग हुआ और ब्रह्मांड का विकास होना शुरू हो गया।" हरीश बाबू ने बताया, "बिंग बैंग के बाद यह पूरा का पूरा ब्रह्मांड आग के बहुत बड़े गोले जैसा था और बहुत तेज़ी से चक्कर काट रहा था। उस गति और आग के कारण ब्रह्मांड में किसी तरह के जीवन की संभावना नहीं थी।"

"हाँ, ऐसे में तो जीवन नहीं हो सकता।" सौम्य ने कहा।

"इसके बाद अरबों-खरबों सालों में ब्रह्मांड की गति धीरे-धीरे कम होने लगी ओर वह ठंडा भी होने लगा।" हरीश बाबू ने बताया, "और आज यह स्थिति है कि हम इस पर रह सकते हैं।"

सौम्य ने मुसकराकर हरीश बाबू की बात का समर्थन किया।

"इसे क्रमिक विकास का सिद्धांत कहा जाता है।" हरीश बाबू ने बताया,

"इसमें धीरे-धीरे आकाशगंगाएँ बनीं, सितारे बनने लगे और उनके आसपास ग्रह बनने लगे। क्या तुम्हें पता है कि हमारी आकाशगंगा कौन-सी है?"

"जी हाँ, यह मिल्की वे है।" सौम्य ने कहा, "याद नहीं, हिंदी में क्या कहते हैं।"

"हिंदी में इसे मंदाकिनी या क्षीर मार्ग कहा जाता है।" हरीश बाबू ने बताया, "और इस आकाशगंगा का तारा और ग्रह तो तुम्हें ज़रूर मालूम होंगे।"

"हाँ, मुझे मालूम हैं।" सौम्य ने बताया, "तारा है सूर्य और आठ ग्रह हैं—बुध, शुक्र, पृथ्वी, मंगल, बृहस्पति, शनि, युरेनस और नेप्चून।"

"बिलकुल सही।" हरीश बाबू ने कहा, "ये सब मिलकर सौर-मंडल कहलाते हैं। सौर यानी सूर्य का, और मंडल यानी घेरा।"

"तो क्या तब धरती पर जीवन शुरू हुआ?" सौम्य ने पूछा।

"नहीं।" हरीश बाबू ने बताया, "जीवन शुरू होने में अभी और समय लगा। लगभग साढ़े चार खरब साल पहले धरती ऐसी नहीं थी, जैसी यह आज हमें दिखाई देती है। इसमें पानी का सुंदर नीला रंग, पेड़-पौधों की हरियाली और मैदान का सफ़ेद रंग नहीं दिखाई देता था। पूरी की पूरी धरती पर समुद्र और गरम लावा था। आज हम जिस ऑक्सीजन में साँस लेते हैं, उस समय वह भी वातावरण में नहीं थी। पूरा का पूरा वातावरण घातक और ज़हरीली गैसों के मिश्रण से भरा हुआ था।"

"तब तो जीवन उस पर नहीं रह सकता था।" सौम्य ने सोचते हुए कहा।

"हाँ, उस समय के बाद लगभग पाँच मिलियन या पचास लाख साल तक धरती जलते हुए लावे का धधकता हुआ आग का गोला बनी रही, जिस पर जीवन का नामोनिशान नहीं था।"

"फिर?" सौम्य ने पूछा।

"उस समय के बाद लगभग 300 मिलियन साल तक धरती का वातावरण ऐसा था कि उस पर पानी तरल रूप में नहीं ठहर सकता था।" हरीश बाबू ने

बताया, "आखिरकार, उसके लगभग 800 मिलियन साल बाद धरती इतनी ठंडी हो गई कि उस पर पानी तरल रूप में रह सकता था। उस समय बहुत बारिश हुई और धरती की निचली और गहरी जगहों पर पानी भर गया।"

"वाह, तब तो बहुत मज़ा आया होगा!" सौम्य ने ताली बजाते हुए कहा। उसे बारिश बहुत पसंद थी।

"पता नहीं कि मज़ा आया या नहीं, क्योंकि वहाँ मज़ा लेने के लिए कोई नहीं था।" हरीश बाबू मुसकराए, "लेकिन इससे धरती पर झीलें, समुद्र और नदियाँ बन गईं।"

"और जीवन?" सौम्य ने उत्सुकता दिखाई।

"धरती पर जीवन अभी भी नहीं था।" हरीश बाबू ने बताया, "समुद्र में मछलियाँ नहीं थीं, चट्टानों पर पेड़-पौधे या वनस्पति नहीं थी, मैदानों में जानवर घास नहीं चरते थे। धरती बस एक गीली चट्टान भर थी जो सूर्य की परिक्रमा करती थी।"

"तो क्या तब धरती पर जीवन संभव था?" सौम्य ने पूछा।

"धरती के वातावरण में अभी भी बहुत-सी ज़हरीली गैसों का मिश्रण था।" हरीश बाबू ने कहा, "इनमें कार्बन मोनो ऑक्साइड, कार्बन डाइऑक्साइड, नाइट्रोजन, हायड्रोजन सल्फ़ाइड, मीथेन और सायनायड गैसें शामिल थीं। ये सब ऐसी गैसें हैं, जिनमें साँस लेने से जीवन का कोई भी रूप तत्काल समाप्त हो सकता है।" हरीश बाबू रुके और उन्होंने मुसकराकर सौम्य से पूछा, "अच्छा बताओ, अंडा पहले आया या मुर्गी?"

"अंडा।" सौम्य ने छूटते ही जवाब दिया, लेकिन फिर उसने अपना जवाब तुरंत ही बदल लिया, "नहीं, नहीं, मुर्गी।"

"यह बहुत मुश्किल पहेली है।" हरीश बाबू मुसकराए, "अगर मुर्गी नहीं होगी तो अंडा नहीं होगा और अगर अंडा नहीं होगा तो मुर्गी नहीं होगी। और जीवन के सभी रूपों के साथ यही बात है।"

"तो फिर जीवन की शुरुआत कैसे हुई?" सौम्य ने पूछा।

"जैसा कि मैंने बताया है, जीवन के विकास की प्रक्रिया को प्राणीविज्ञानी क्रमिक विकास या उद्विकास कहते हैं," हरीश बाबू ने बताया, "हालाँकि उस समय धरती पर जीवन नहीं था, लेकिन प्राणीविज्ञानियों का मानना है कि धरती के समुद्र में ऐसे रसायन भरे हुए थे जो जीवन बनाने के लिए ज़रूरी होते हैं।"

"तो क्या हमारा जीवन भी रसायनों के मेल से बना है?" सौम्य ने सवाल किया।

"सरल रूप में समझा जाए तो यह बात सही है।" हरीश बाबू ने बताया, "जीवन के तत्त्वों के बिना जीवन संभव नहीं है।" हरीश बाबू कुछ रुके और फिर उन्होंने बात आगे बढ़ाई, "तो उस समय के धरती के महासागर जीवन के लिए ज़रूरी रसायनों से भरे हुए थे। ये रसायन जीवन नहीं थे, लेकिन ये आसपास उछलते रहते थे। वैज्ञानिकों ने इन रसायनों के मिश्रण को प्रिमोर्डियल सूप या प्रारंभिक शोरबे का नाम दिया है। इस शोरबे में सब्ज़ियाँ, फल वगैरह नहीं थे बल्कि इसमें प्रोटीन, लिपिड और ऐसे दूसरे मूल घटक थे, जो आज आम तौर से जीवन के रूपों में पाए जाते हैं।"

"फिर क्या हुआ, चाचाजी?" सौम्य ने अधीरता से पूछा।

"तुम समुद्र के ज्वार-भाटे के बारे में ज़रूर जानते होगे।" हरीश बाबू ने कहा।

"जी हाँ," सौम्य ने कहा, "जब ज्वार आता है तो समुद्र का पानी बाहर निकल आता है, और भाटा उसे कहते हैं जब पानी वापस समुद्र में चला जाता है।"

"और अगर समुद्र के आसपास गड्ढे हों तो क्या होगा?" हरीश बाबू ने पूछा।

"तब शायद वापस जाते समय कुछ पानी उनमें रह जाएगा।" सौम्य ने सोचकर बताया।

"सही बात है।" हरीश बाबू ने बताया, "उस समय भी जब समुद्र से पानी

बाहर आकर वापस जाता था, तो उसमें से कुछ पानी आसपास के गड्ढों में रह जाता था। प्राणीविज्ञानी इन्हें ज्वार-ताल कहते हैं। उनका मानना है कि ज्वार आने पर कुछ पानी और उसके साथ जीवन के रसायन इन तालों में रह जाते होंगे। और जब लाखों-हज़ारों सालों में इन रसायनों में जीवन धारण करने की क्षमता आई होगी, तो शायद किसी तरह की प्रतिक्रिया या समर्थन, जैसे बिजली गिरने आदि, से पहली कोशिका ने रूप धारण किया होगा।" हरीश बाबू थोड़ा रुके और फिर उन्होंने पूछा, "सौम्य, कोशिका के बारे में तो तुमने पढ़ा ही होगा।"

"जी हाँ," सौम्य ने बताया, "कोशिका जीवन की मूल इकाई होती है।"

"ठीक बात।" हरीश बाबू ने कहा, "ये छोटे-छोटे पैकेट या बैग होते हैं, जिनमें जीवन के ज़रूरी तत्त्व या टूल होते हैं। कोशिका खा सकती है, गति कर सकती है और प्रजनन कर सकती है यानी वह अपने जैसे नए रूप बना सकती है।"

"इसका मतलब यह कोशिका धरती पर जीवन का पहला रूप थी।" सौम्य ने कहा।

"हाँ, ठीक समझे।" हरीश बाबू ने कहा, "लेकिन ये पहली कोशिकाएँ जीवन के बहुत सरल रूप थे। इस सरल रूप के कारण उन्हें जीवित रहने के लिए शायद ऑक्सीजन की ज़रूरत नहीं पड़ती थी, जो उस समय वातावरण में बहुत कम थी या बिलकुल नहीं थी।"

"तो ये कोशिकाएँ जीवित कैसे रहती थीं?" सौम्य ने पूछा।

"तुम्हारा यह सवाल बहुत रोचक है।" हरीश बाबू ने कहा, "प्राणीविज्ञानी मानते हैं कि शायद वे वही प्रारंभिक शोरबा खाकर जीवित रहती थीं, जिनसे वे बनी थीं और जो तब बहुतायत में उपलब्ध था। उनमें बहुत-सा प्रोटीन, एमीनो अम्ल और लिपिड थे। ये कोशिकाएँ उनका उपभोग करती थीं। इस तरह वे उपभोक्ता कोशिकाएँ बनीं, जो जानवरों की पूर्वज हैं।"

"इसका मतलब है, किसी और प्रकार की कोशिकाएँ भी बनी होंगी?" सौम्य ने सवाल किया।

"हाँ, लाखों सालों की अवधि में एक और प्रकार की कोशिकाएँ बनीं।" हरीश बाबू ने बताया, "इन कोशिकाओं ने अपना खुद का भोजन बनाने की योग्यता विकसित की। यानी ये भोजन के लिए दूसरी चीज़ों पर निर्भर नहीं थीं। ये आसपास उपलब्ध रसायनों और धूप या धरती की गरमी का इस्तेमाल करके अपना भोजन बना सकती थीं।"

"जैसे प्रकाश-संश्लेषण से पौधे अपना भोजन बना लेते हैं?" सौम्य ने अपना ज्ञान बघारा।

"हाँ, बिलकुल ठीक।" हरीश बाबू ने सौम्य की सराहना करते हुए आगे बताया, "ये कोशिकाएँ उत्पादक कोशिकाएँ कहलाईं, और ये पेड़-पौधों की पूर्वज बनीं।"

"फिर क्या हुआ, चाचाजी?" सौम्य ने पूछा, "सरल कोशिका से मानव कैसे बना?"

"सरल कोशिका से अनेक कोशिकाओं वाले मनुष्य तक क्रमिक विकास करने के लिए जीवन को बहुत लंबा समय लगा।" हरीश बाबू ने बताया, "इस दौरान जीवन में बहुत सारे महत्त्वपूर्ण क्रमिक विकास हुए। पहली महत्त्वपूर्ण प्रगति ऐसी कोशिका का विकास था, जो ऑक्सीजन का इस्तेमाल कर सकती थी। तुम्हें याद होगा कि पहली कोशिका ऑक्सीजन का इस्तेमाल नहीं करती थी।"

"जी हाँ," सौम्य ने कहा, "लेकिन ऑक्सीजन का इस्तेमाल करना महत्त्वपूर्ण क्यों है?"

"विकास की दृष्टि से ऑक्सीजन बहुत कुशल गैस है।" हरीश बाबू ने बताया, "पहली कोशिकाएँ ऑक्सीजन का इस्तेमाल नहीं करती थीं, बल्कि वे वातावरण में ऑक्सीजन छोड़ती थीं। इस तरह धीरे-धीरे बहुत लंबे समय में धरती का वातावरण बदल गया। अब इसमें ज़हरीली और घातक गैसें नहीं थीं,

बल्कि ऑक्सीजन थी और यह ऐसा हो गया, जैसा इसे हम आज देखते हैं।"

"अच्छा।" सौम्य को रोमांच हो आया।

"हाँ," हरीश बाबू ने बताया, "और जैसे-जैसे वातावरण बदला, वैसे-वैसे जीवन का रूप भी बदलता चला गया। ऑक्सीजन का इस्तेमाल करने के कारण जीवन के ज़्यादा तेज़, बड़े और जटिल रूप तैयार होने का रास्ता साफ़ हो गया।"

"जी।" कहकर सौम्य ने दर्शाया कि वह समझ रहा है।

"जीवन के क्षेत्र में दूसरी महत्त्वपूर्ण प्रगति थी, अनेक कोशिकाओं का जीवन।" हरीश बाबू ने बताया, "अब जीवन केवल एक कोशिका तक सीमित नहीं रहा, बल्कि ऐसे प्राणी होने लगे जिनमें दो, दस, हज़ार, यहाँ तक कि लाखों-अरबों कोशिकाएँ होने लगीं।"

"जीवन के लिए इतनी कोशिकाओं की ज़रूरत क्यों पड़ी?" सौम्य ने पूछा।

"अब कोशिकाएँ विभिन्न संख्याओं और संयोजनों में जुड़कर ख़ास-ख़ास काम करने लगीं।" हरीश बाबू ने कहा, "जैसे कुछ कोशिकाओं ने मिलकर दिल बनाया, कुछ आँखें बन गईं, कुछ कान बनीं, कुछ दिमाग़, और इसी तरह जीवन का रूप जटिल से जटिलतर होता चला गया।"

"लेकिन चाचा जी, हम सबका रूप ऐसा किस तरह बना, जैसा यह आज हमें दिखाई देता है?" सौम्य ने पूछा, "घोड़ा घोड़े जैसा कैसे बना और आदमी ऐसा कैसे बना, जैसा आज वह दिखाई देता है?"

"यह बहुत रोचक सवाल है।" हरीश बाबू ने कहा, "तुम यह जानना चाहते हो कि यह किसने तय किया कि कान बगल में होने चाहिए और आँखें सामने की ओर?" हरीश बाबू ने सौम्य को देखा और बोले, "प्राणीविज्ञानियों का मानना है कि प्राणी का रूप वैसा ही बनता चला गया, जैसी उसे ज़रूरत थी। जैसे अगर किसी को हवा में उड़ने के लिए पंखों की ज़रूरत थी, तो उनके पंख विकसित हो गए। अगर किसी को पानी में रहने के लिए ख़ास तरह के अंगों और त्वचा की ज़रूरत थी, तो उन्होंने उन्हें विकसित कर लिया। इसी तरह अगर

ठंड के वातावरण में प्राणी को घने बालों की ज़रूरत थी, तो उनके शरीर पर बाल विकसित हो गए। मोटे तौर पर इसे ऐसे समझा जा सकता है, जैसे हममें से कुछ लोग सर्जन बनने की योग्यता विकसित कर लेते हैं, कुछ हवाई जहाज उड़ाने की, और कुछ नृत्य करने की या चित्र बनाने की।"

"और यह ज़रूरत क्यों होती है?" सौम्य ने जिज्ञासा की।

"प्राणीविज्ञानियों ने इसे प्राकृतिक चयन का नाम दिया है।" हरीश बाबू ने बताया, "वातावरण का मुकाबला करने, भोजन ढूँढ़ने और उसे खाने, और शत्रुओं से बचने के लिए प्राणी इस तरह की योग्यताएँ विकसित करते रहे।"

बातचीत में समय कहाँ चला गया, पता ही नहीं चला।

"अब तुम घर जाओ।" हरीश बाबू ने कहा, "और विषय में रुचि ख़त्म न हुई हो तो कल फिर आ जाना।"

"मैं ज़रूर आऊँगा।" सौम्य ने जैसे हरीश बाबू से कम, खुद से ज़्यादा कहा।

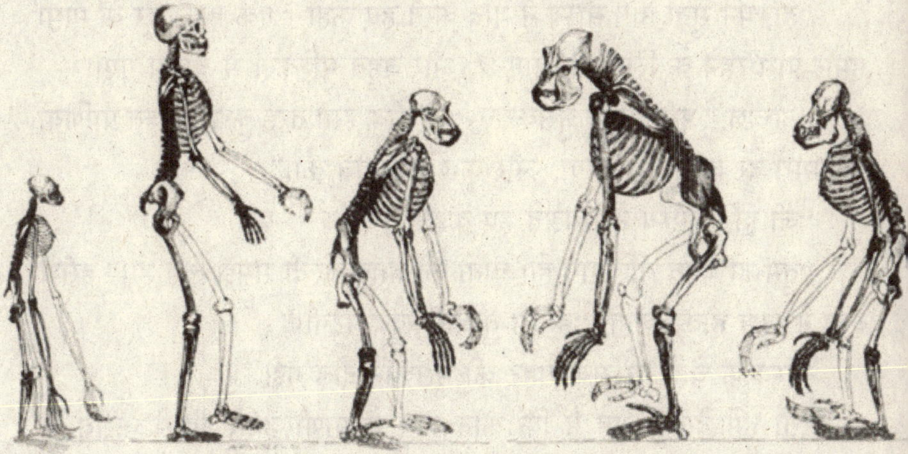

मानवसम्म (Hominoids) एक ही पूर्वज के वंशज हैं।

मानव का विकास-क्रम

हरीश बाबू ने अगले दिन बात आगे बढ़ाई, "अब अगर यह बात सिद्ध हो जाती है कि जीवन एक साथ ही शुरू हुआ, तो..."

"तो हम सबके पूर्वज एक ही हुए।" सौम्य ने बात पूरी की।

"हाँ," हरीश बाबू ने उसकी बात को आगे बढ़ाया, "जितने भी जीवित प्राणी हैं, उनके पूर्वज एक ही हैं। इसका मतलब यह हुआ कि बंदर और हम या गाय और हम सभी एक-दूसरे से संबंधित हैं।"

"अच्छा, यह तो एकदम नई बात पता चली।" सौम्य ने कहा।

"बात पुरानी है, लेकिन लोगों को पता नहीं है," हरीश बाबू ने बताया, "देखो, तुमने देखा होगा कि हम कुछ लोगों के बारे में कहते हैं कि ये हमारे दूर के रिश्तेदार हैं, और कुछ को हम नज़दीक का रिश्तेदार कहते हैं।"

"हाँ, मैंने सुना है।" सौम्य ने याद करते हुए कहा, "एक हमारे दूर के मामा हमारे पास रहने के लिए भी आए थे, और बहुत मुश्किल से वापस गए।"

"अच्छा," हरीश बाबू मुसकराए, "तो ठीक इसी तरह कुछ जीवित प्राणियों से हमारा दूर का रिश्ता होगा, और कुछ से करीब का।"

"जी हाँ," सौम्य ने समझते हुए कहा।

"तुम तो बहुत बुद्धिमान हो। बातों को बहुत जल्दी समझ लेते हो।" हरीश बाबू ने ख़ुश होकर कहा, "हमारी-तुम्हारी खूब पटेगी।"

सौम्य के चेहरे पर सकुचाहट की मुसकान दौड़ गई।

"तो हमें देखना यह है कि कौन-कौन से प्राणी हमारे सबसे करीब के संबंधी हैं, और कौन-सा जीवित प्राणी हमारा सबसे ज़्यादा नजदीकी रिश्तेदार है।" हरीश बाबू ने बताया और फिर सवाल किया, "अच्छा सौम्य, तुमने घोड़ा तो देखा ही होगा। यह बताओ कि अगर घोड़े का वर्णन करना हो, तो तुम क्या-क्या बताओगे?"

"अं..." सौम्य ने कुछ देर सोचा और फिर कहा, "हम बताएँगे कि उसकी लंबाई कितनी होती है। वह कैसे खड़ा होता है, कैसे चलता है, उसका रंग कैसा होता है, शरीर के बाल कैसे होते हैं, वह क्या खाता है और... और... शायद यह कि वह कहाँ-कहाँ पाया जाता है।"

"बिलकुल ठीक," हरीश बाबू ने कहा, "अब मैं तुम्हारे सामने एक जानवर का वर्णन करूँगा। तुम्हें बताना है कि यह कौन-सा जानवर है। ठीक है?"

"ठीक है, चाचाजी।" सौम्य तैयार हो गया। उसे इस खेल में बहुत मज़ा आने लगा था।

"तो ध्यान से सुनो," हरीश बाबू ने कहा, "खड़ा होने पर यह लगभग 1.2 से 2.0 मीटर तक लंबा होता है, यह सीधा खड़ा होता है और दो पैरों पर चलता है। इसकी त्वचा का रंग पीला, गोरा या काला होता है। इसके सिर पर लंबे बाल होते हैं। इसके नर पशुओं के दाढ़ी और मूँछें भी होती हैं।"

"आदमी!" सौम्य ने खिलखिलाकर कहा, "यह तो बहुत आसान पहेली थी। मैं इसके बारे में और भी बता सकता हूँ। यह फल, सब्ज़ियाँ और माँस वगैरह खाता है, तथा यह पूरी दुनिया में पाया जाता है।"

"तुम बहुत बुद्धिमान हो।" हरीश बाबू ने कहा, "लेकिन कुल मिलाकर तुम और मैं दोनों ही..." उन्होंने सौम्य को देखा कि वह बात पूरी करे।

"जानवर हैं!" सौम्य मुसकरा रहा था।

"बिलकुल ठीक!...तो अब हम बात को आगे बढ़ाते हैं," हरीश बाबू ने कहा, "जानवरों को हम मोटे तौर पर दो भागों में बाँटते हैं। एक तो वे जानवर हैं, जिनकी रीढ़ की हड्डी होती है और दूसरे वे हैं..."

"जिनकी रीढ़ की हड्डी नहीं होती।" सौम्य ने बात पूरी की।

"हाँ।" हरीश बाबू ने हामी भरी, "जिन जानवरों की रीढ़ की हड्डी होती है, उन्हें हम कशेरुकी कहते हैं।"

"और जिन जानवरों की रीढ़ की हड्डी नहीं होती, उन्हें शायद हम अकशेरुकी कहते हैं।" सौम्य ने कहा, उसे हिंदी की व्याकरण का पाठ याद आ गया, जिसमें शब्द के शुरू में 'अ' लगाने से शब्द विपरीत अर्थ देने लगते थे—चल-अचल, गम्य-अगम्य, सभ्य-असभ्य...

"बिलकुल सही।" हरीश बाबू ने उसे शाबाशी दी, "मछली, सूअर, पक्षी, मेंढक, गिरगिट, मगरमच्छ आदि जानवरों की रीढ़ की हड्डी होती है, अतः ये कशेरुकी कहलाते हैं। अच्छा बताओ, क्या तुम्हारे शरीर में रीढ़ की हड्डी है?"

"जी हाँ, है।" सौम्य ने जवाब दिया।

"तो तुम किस जाति के जानवर हो?" हरीश बाबू ने पूछा।

"कशेरुकी।" सौम्य ने हँसकर बताया।

"बिलकुल ठीक।" हरीश बाबू ने सराहना के स्वर में कहा, और आगे बताया, "कशेरुकी जानवरों के भी अनेक आधारों पर और अधिक वर्ग बनते हैं। इनमें से एक वर्ग है, स्तनी। स्तनी जानवर वे होते हैं जिनकी दूध बनाने की ग्रंथियाँ या स्तन होते हैं, शरीर पर फ़र या बाल होते हैं, और अंदरूनी कान या

मध्य कर्ण में तीन अलग-अलग हड्डियाँ होती हैं। आदमी में ये सभी गुण होते हैं, अतः वह भी स्तनी है। क्या तुम किन्हीं दूसरे स्तनी जानवरों के उदाहरण दे सकते हो?"

"जी हाँ," सौम्य ने सोचकर बताया, "भालू, चिंपांजी, गोरिल्ला, बंदर..." उसके दिमाग़ में और उदाहरण नहीं आए।

"ठीक है," हरीश बाबू ने बात आगे बढ़ाई, "चीता, सेह आदि भी कशेरुकी जानवर हैं। उधर कशेरुकी के अलावा सभी प्राणी अकशेरुकी होते हैं। इनके उदाहरण हैं तितली, मक्खी, मच्छर, ऑक्टोपस, स्टारफ़िश, घोंघा, आदि।"

हरीश बाबू थोड़ा रुके और फिर उन्होंने सौम्य से पूछा, "क्या तुम्हें यह संबंध समझ में आ रहा है? यह धीरे-धीरे जटिल होता जाएगा। देखो, यहाँ एक बोर्ड है, तुम चाहो, तो इस बोर्ड पर वृक्ष-आरेख या ट्री-डायग्राम बनाकर देख सकते हो कि तुम्हें अब तक का विभाजन याद है या नहीं।"

"ठीक है," सौम्य ने कहा, "मैं कोशिश करता हूँ।"

सौम्य ने मार्कर उठाया और बोर्ड पर वृक्ष-आरेख बनाने लगा।

"अभी तक का आरेख बिलकुल सही है।" हरीश बाबू ने कहा, "अब हम आगे चलते हैं। स्तनी जानवरों के भी आगे फिर अनेक भेद होते हैं। इनमें से एक है, प्राइमेट। प्राइमेट वे जानवर होते हैं जिनकी उँगलियों और अँगूठों में नाखून होते हैं, अँगूठा उसी हाथ की हथेली की उँगलियाँ छू सकता है, और उनके ऊपर तथा नीचे के जबड़े में कुल चार-चार काटने के दाँत या कृतंक होते हैं। अब इन आधारों पर तुम ज़रा अपनी जाँच करके देखो कि क्या ये लक्षण तुम्हारे अंदर हैं?"

सौम्य ने देखा कि उसकी उँगलियों और अँगूठों में नाखून थे। अँगूठे हथेलियों की उँगलियों को छू सकते थे और उसके जबड़ों में चार-चार कृतंक थे।

"यानी कि हम प्राइमेट हैं।" सौम्य ने मुसकराते हुए कहा।

"बिलकुल ठीक।" हरीश बाबू ने कहा, "और हमारी तरह ही वानर, बंदर, उल्लू, लीमर आदि भी प्राइमेट हैं।"

"चाचाजी, प्राइमेट का फिर आगे भी वर्गीकरण होता होगा।" सौम्य ने जिज्ञासा दिखाई।

"हाँ, होता है।" हरीश बाबू ने बताया, "इसके भी कई वर्ग हैं। इनमें से एक है, कपि।"

"कपि का मतलब तो बंदर ही होता है न," सौम्य को फिर अपना हिंदी का ज्ञान याद आ गया।

"यह अच्छी बात है कि हम अपने ज्ञान को पुराने ज्ञान के साथ जोड़-घटाकर, समझते चलते हैं," हरीश बाबू ने कहा, "लेकिन ध्यान रखना चाहिए कि विज्ञान की भाषा कुछ अलग होती है। इसमें सभी शब्दों के निश्चित अर्थ होते हैं। उनमें फेरबदल नहीं किया जा सकता। हिंदी भाषा में कपि का अर्थ बंदर हो सकता है, लेकिन जब हम विज्ञान की भाषा में बात करते हैं, तो वहाँ कपि प्राणियों के वर्ग का नाम होता है।"

"ठीक है, मैं समझ गया।" सौम्य ने कहा, "कपि यानी प्राणियों का एक वर्ग।" उसने हरीश बाबू की बात को दोहराकर बताया कि वह सचमुच समझ गया है।

"बहुत अच्छे!" हरीश बाबू ने बात को आगे बढ़ाया, "अब हम कपि वर्ग के जानवरों की विशेषताएँ देखेंगे। इस वर्ग के जानवरों के चबाने के दाँतों या चर्वणकों की ऊपरी सतह का आकार अंग्रेज़ी के 'वाई' अक्षर जैसा होता है। इनकी कंधे की हड्डियाँ या स्कंधास्थियाँ बगल में न होकर कमर की तरफ़ होती हैं। और इनकी पूँछ नहीं होती। यह जानवरों का छोटा-सा वर्ग है। आदमी के अलावा इसमें गिबन, चिंपांजी, गोरिल्ला और वनमानुष आते हैं।"

"तो चाचाजी, हम कपि हैं।" सौम्य ने अपनी ओर संकेत किया, "कपि प्राइमेट हैं, प्राइमेट स्तनी हैं और स्तनी कशेरुकी हैं।"

"बहुत खूब, तुमने सही हिसाब लगाया।" हरीश बाबू ने सौम्य को शाबासी दी, "अच्छा क्या तुम बता सकते हो कि कपि में कौन-कौन सी विशेषताएँ होंगी?"

"सारी-की-सारी।" सौम्य ने गिनवाया, "रीढ़ की हड्डी, शरीर पर बाल या फ़र, स्तन, मध्य कर्ण में तीन अलग-अलग हड्डियाँ, उँगलियों और अँगूठों पर नाखून, उँगलियाँ छू सकने वाला अँगूठा, और जबड़े में चार-चार कृतंक।"

"ठीक है, लेकिन एक बात का ध्यान रखना होगा कि कपि में जो विशेषताएँ हैं, वे सभी कशेरुकी, स्तनी, या प्राइमेट में नहीं होतीं।" हरीश बाबू ने आगे कहा, "इसका अर्थ यह हुआ कि कपि वर्ग के जानवर एक-दूसरे के अधिक निकट के संबंधी हैं।"

हरीश बाबू थोड़ा रुके और फिर उन्होंने सौम्य से पूछा, "अच्छा बताओ, क्या हम यह पता लगा सकते हैं कि कपि वर्ग का कौन-सा जानवर आदमी के ज़्यादा नजदीक है?"

"हाँ, यह तो बहुत आसान है।" सौम्य ने चुटकी बजाते हुए कहा, "इसके लिए हमें आदमी की विशेषताओं का मिलान कपि वर्ग के अन्य जानवरों के साथ करना होगा। जिस जानवर की विशेषताएँ आदमी से सबसे ज़्यादा मिलती होंगी, वही हमारा सबसे करीब का संबंधी होगा।"

"ठीक है, लेकिन यह इतना सरल भी नहीं है," हरीश बाबू मुसकराए, "ऐसा तो नहीं हो सकता कि हम पुराने ज़माने में चले जाएँ और वहाँ से यह देख आएँ कि कौन-सा कपि आदमी के सबसे ज़्यादा निकट है। हम तो केवल अनुमान लगा सकते हैं और उस अनुमान को तर्क की कसौटी पर कसकर देख सकते हैं कि वह खरा उतरता है या नहीं।"

तभी सौम्य की माँ ने उसे पुकारा। हरीश बाबू ने घड़ी देखी। समय काफ़ी हो चुका था। उन्होंने कहा, "सौम्य, अब तुम घर जाओ। कल फिर आ जाना।"

सौम्य जाना तो नहीं चाहता था, पर भूख लग आई थी और माँ ने फिर से पुकार लगा दी थी। उसने हरीश बाबू को नमस्कार किया, धन्यवाद दिया और कल आने की बात कहकर चला गया।

अनन्य सजातीय विशेषताएँ

अगले दिन सौम्य समय से पहले ही हरीश बाबू के घर पहुँच गया। उन्होंने मुसकराकर उसका स्वागत किया।

"चाचाजी, अब आगे बताइए," सौम्य ने अधीरता से पूछा।

"ठीक है," हरीश बाबू ने कहा, "लेकिन पहले यह तो बताओ कि क्या तुम्हें अब तक की बातें याद हैं?"

"हाँ, याद हैं," सौम्य ने कहा, "आपने मुझे इतनी अच्छी तरह समझाया कि कुछ भूल ही नहीं सकता। और फिर घर जाकर मैंने आदमी के विकास की

अब तक की कहानी का वृक्ष-आरेख अपनी कॉपी में भी बना लिया है।" उसने अपनी कॉपी हरीश बाबू के सामने रख दी।

हरीश बाबू ने देखा कि वहाँ सफाई से आदमी के विकास की अब तक की कहानी का वृक्ष-आरेख बना हुआ था—प्राणी ⇨ कशेरुकी और अकशेरुकी, कशेरुकी ⇨ स्तनी ⇨ प्राइमेट ⇨ कपि।

"यह तुमने बहुत अच्छा किया।" हरीश बाबू ने कहा, "जब हम अपनी सीखी हुई बातों को लिख लेते हैं, तो वे हमें आसानी से याद हो जाती हैं। तुमने आगे का ज्ञान प्राप्त करने के लिए मेहनत की है।"

हरीश बाबू मुसकराए और उन्होंने आदमी के विकास की कहानी आगे बढ़ाई, "अच्छा, यह बताओ कि पड़ोस के रमेश जी के कितने बेटे हैं और वे क्या-क्या करते हैं?"

"उनके दो बेटे हैं," सौम्य ने याद करके बताया, "एक डॉक्टर है और दूसरा इंजीनियर।"

"इसका यह मतलब हुआ कि एक आदमी की एक से ज़्यादा संतान हो सकती हैं," हरीश बाबू बोले, "ठीक वैसे ही, जैसे पेड़ की एक डाल से अनेक शाखाएँ फूटती हैं।"

"हाँ, हमारे अध्यापक ने बताया था कि शुरू में सभी मनुष्य एक ही वर्ग के प्राणी थे।" सौम्य ने याद करते हुए कहा, "फिर बाद में लोगों के कामों के आधार पर उन्हें ब्राह्मण, क्षत्रिय, वैश्य और शूद्र कहा गया, और इस तरह ये जातियाँ बन गईं।"

"ठीक है।" हरीश बाबू ने बात को आगे बढ़ाया, "इसी तरह एक जाति से और अधिक जातियाँ बनी होंगी। लेकिन दिलचस्प बात यह है कि हमारी धरती पर अभी तक इतने अधिक जानवर पैदा और समाप्त हुए हैं कि इस बात की संभावना नहीं के बराबर है कि आज जो जानवर जीवित हैं, उनमें से कोई सीधे-सीधे एक-दूसरे का पुरखा या पूर्वज होगा।"

"यानी ऐसा तो हो सकता है कि बंदर और हम कभी एक ही जाति से

निकले होंगे, लेकिन वे हमारे पुरखे हैं, ऐसा शायद नहीं है।" सौम्य ने बात को समझने की कोशिश की।

"हाँ, यही बात है।" हरीश बाबू बोले, "आओ, अब हम देखें कि किन्हीं दो जातियों में संबंध स्थापित करने के लिए हम किन-किन बातों पर ध्यान देते हैं।"

"हाँ, बताइए, इससे मैं उनके संबंधों को और अच्छी तरह से समझ सकूँगा।" सौम्य ने कहा।

"हम जानवरों की उन विशेषताओं पर ध्यान देते हैं, जो किन्हीं दो जातियों ने एक ही पूर्वज से ली हों। इन्हें सजातीय विशेषता कहा जाता है। जिन दो जातियों की जितनी ज़्यादा विशेषताएँ सजातीय होंगी, वे एक-दूसरे के उतनी ही करीब होंगी, और इस तरह की निकट की दो जातियों की विशेषताएँ किसी अन्य जाति में नहीं होंगी। इस तरह ये विशेषताएँ अलग हो जाती हैं और हम इन्हें अनन्य विशेषताएँ कहते हैं, यानी जो अन्य में न हों। अनन्य सजातीय विशेषताएँ एक जाति में मिलने वाली वे विशेषताएँ होती हैं, जो किसी दूसरी जाति में नहीं होतीं। समझ गए?" हरीश बाबू ने रुककर सौम्य को बात को समझने के लिए समय दिया।

"जी, मैं समझ गया।" सौम्य ने कहा।

"इस तरह जिन दो जातियों की जितनी ज़्यादा विशेषताएँ सजातीय होंगी, वे उतनी ही एक-दूसरे के करीब होंगी, और इस तरह की निकटता की सजातीय विशेषताएँ किसी अन्य जाति में नहीं होंगी। इसी तरह, जिन जातियों में जितनी ज़्यादा विशेषताएँ विजातीय यानी दूसरी जाति की होंगी, वे उतनी ही एक-दूसरे से दूर होंगी।"

"जी, ठीक है।" सौम्य ने कहा।

"इस तरह हम अणु से लेकर विभिन्न अंगों तक इन अनन्य सजातीय विशेषताओं के आधार पर दो जानवरों के आपसी संबंधों की जाँच कर सकते हैं।" हरीश बाबू ने बताया।

"चाचाजी, अणु के अलावा और कौन-कौन से अंगों में ये अनन्य सजातीय विशेषताएँ देखी जाती हैं?" सौम्य ने पूछा।

"ये अंग हैं, हड्डियाँ, दाँत और शरीर के कुछ कोमल अंग।" हरीश बाबू ने बताया, "लेकिन अनन्य सजातीय विशेषताएँ खोजने में कुछ सावधानी बरतने की ज़रूरत होती है। ऐसा भी हो सकता है कि दो भिन्न जातियों के जानवरों में कोई विशेषता इसलिए समान हो गई हो कि उनका जीवन समान ढंग का था। ऐसी समानता को अनन्य सजातीय विशेषता नहीं कहा जा सकता।"

"जी, मैं समझा नहीं।" सौम्य ने कहा।

"ठीक है, एक उदाहरण लेते हैं।" हरीश बाबू ने कहा, "तुम जानते हो कि चिड़िया के पंख होते हैं और चमगादड़ के भी पंख होते हैं। ऊपर से देखने पर लग सकता है कि उनमें यह अनन्य सजातीय विशेषता समान है। और इसलिए हम कह सकते हैं कि इस विशेषता के आधार पर वे एक ही जाति के प्राणी हैं। लेकिन अध्ययन करने से पता चलेगा कि उनकी यह अनन्य सजातीय विशेषता समान नहीं है। उनमें यह समान विशेषता इसलिए पैदा हुई है क्योंकि उनके रहने की स्थितियाँ समान थीं। इसलिए वे एक जाति के प्राणी नहीं हैं।"

"चाचाजी, इस बारे में मुझे और विस्तार से बताएँ।" सौम्य को बहुत उत्सुकता हुई।

"पहले हम अणु को लेते हैं।" हरीश बाबू बोले, "कपि के रक्त में एक विशेष प्रोटीन होता है, जो सभी स्तनी जानवरों में नहीं होता। इसे डेल्टा शृंखला हीमोग्लोबिन कहा जाता है। अणु के संदर्भ में दूसरा उदाहरण हीमोग्लोबिन अणु की अल्फ़ा शृंखला का है। यह शृंखला 141 एमीनो अम्ल से बनी होती है। चिंपांजी और मानव में यह अल्फ़ा शृंखला एक जैसी होती है, लेकिन अन्य प्राइमेट में कुछ एमीनो अम्ल भिन्न होते हैं या शृंखला में उनका क्रम अलग होता है।"

"अच्छा।" सौम्य ने कहा।

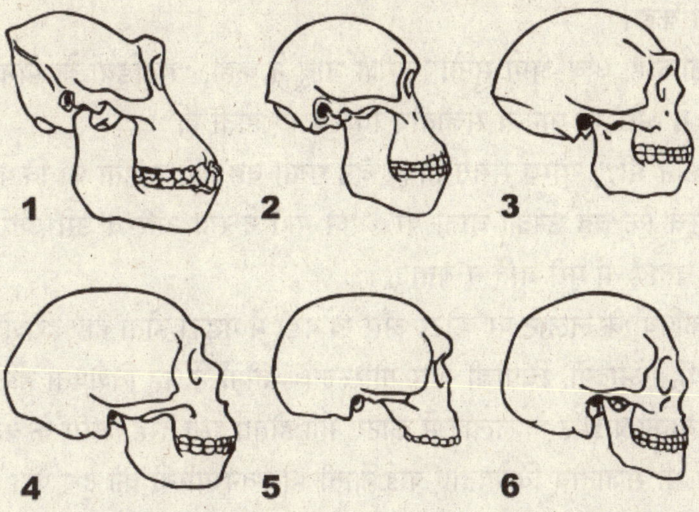

क्रमशः गोरिल्ला, ऑस्ट्रालोपिथेकस, होमो इरेक्टस, निएंडरथाल, स्टीन्हीम और आधुनिक होमोसैपियन की खोपड़ियाँ। ध्यान दें कि जबड़े का हिस्सा और भौंह की चौड़ाई कम हो रही है, और माथे की चौड़ाई बढ़ रही है।

"अणु बनाने की यह प्रक्रिया बहुत जटिल होती है। यदि दो जातियों में यह समान हो, तो इसका मतलब यही है कि यह विशेषता उन्होंने पुरखों से प्राप्त की है। दो भिन्न जातियाँ अणु बनाने की जटिल प्रक्रिया को समान रूप से विकसित नहीं कर सकतीं।"

"यह तो बहुत रोचक बात है।" सौम्य ने कहा।

"अब हम हड्डियों और दाँतों को लेते हैं।" हरीश बाबू ने कहा, "ये दोनों भी सजातीयता देखने के लिए अच्छे आधार हैं। इनमें से पहले के बारे में तो हम बात कर चुके हैं। क्या तुम बता सकते हो कि वह कौन-सी हड्डी थी?"

"अं...," सौम्य सोचने लगा। उसने अपना सिर भी खुजाया, लेकिन उसे कुछ याद नहीं आया।

"अरे भई, रीढ़ की हड्डी!" हरीश बाबू ने याद दिलाया।

"हाँ, याद आया। रीढ़ की हड्डी सभी कशेरुकी प्राणियों में होती है।"

सौम्य ने कहा।

"ठीक है, अब आगे सुनो।" हरीश बाबू ने कहा, "हड्डियों के मामले में कपियों में और भी अनन्य सजातीय विशेषताएँ होती हैं।"

"कौन-सी?" सौम्य सजग होकर बैठ गया। वह नहीं चाहता था कि हरीश बाबू सोचें कि वह उनकी बातों पर ध्यान नहीं दे रहा और वे उसे आगे की बात न बताएँ या पूरी बातें न बताएँ।

"कपियों के ललाट पर कोटर और खोपड़ी में गड्ढा होता है।" हरीश बाबू ने बताया, "आदमी, चिंपांजी और गोरिल्ला—तीनों में यह विशेषता होती है, लेकिन बाकी प्राइमेट के ललाट में कोटर नहीं होता। इसी तरह, शरीर के कोमल अंगों में भी सजातीय विशेषताएँ पाई जाती हैं। स्तनधारियों की दूध पैदा करने वाली ग्रंथियाँ इसका अच्छा उदाहरण हैं।"

"चाचाजी, इसका अर्थ तो यही हुआ कि दूसरे जानवरों की तुलना में चिंपांजी और गोरिल्ला हमारे अधिक निकट हैं।" सौम्य सोचने लगा।

"क्यों, क्या तुम्हें यह बात पसंद नहीं है?" हरीश बाबू ने हँसकर कहा।

"नहीं, मैं तो बस सजातीय विशेषताओं के आधार पर अनुमान लगा रहा था।" सौम्य ने झेंपकर कहा, मानो उसकी चोरी पकड़ी गई हो।

"यह बहुत अच्छी बात है।" हरीश बाबू बोले, "इसका मतलब है कि तुम्हारे भीतर वैज्ञानिक गुण पैदा हो रहे हैं। अब तुम बातों को और बेहतर ढंग से समझ सकोगे और उन्हें तर्क की कसौटी पर कस सकोगे।"

अपनी प्रशंसा सुनकर सौम्य ख़ुश हो गया।

"तुम्हारी बात सही है कि दूसरे जानवरों की तुलना में चिंपांजी और गोरिल्ला हमारे अधिक निकट हैं।" हरीश बाबू बोले, "अब देखना यह है कि इन दोनों में से भी आदमी के ज़्यादा करीब कौन है, चिंपांजी या गोरिल्ला?"

"और यह हम कैसे पता करेंगे?" सौम्य ने पूछा।

"इसका जवाब पाने के लिए हमें इन तीनों जानवरों पर ध्यान देना होगा और इनमें अनन्य सजातीय विशेषताओं के प्रमाण ढूँढ़ने होंगे। आम तौर पर

यह माना जाता है कि चिंपांजी और गोरिल्ला आदमी के बजाय एक-दूसरे के ज़्यादा निकट हैं। यह बात इनकी हड्डियों, दाँतों और शरीर के कोमल अंगों में मिलने वाली समानताओं के आधार पर सामने आती है। लेकिन गुणसूत्रों और अणुओं के आधार पर आधुनिक दृष्टि इस विचार से सहमत नहीं है।"

"चाचाजी, गुणसूत्र क्या होते हैं?" सौम्य ने कहा।

"हाँ, अच्छा।" हरीश बाबू को अपनी ग़लती पता चली, "कोई नया शब्द या संकल्पना देते समय मुझे उसे स्पष्ट करना चाहिए, वरना वह तुम्हारी समझ में कैसे आएगी? गुणसूत्र सभी वनस्पतियों व प्राणियों की कोशिकाओं में पाए जाने वाले तंतु रूपी पिंड होते हैं। इन्हें अंग्रेज़ी में क्रोमोज़ोम कहा जाता है। ये वंश से आने वाले सभी गुणों को निर्धारित और संचारित करते हैं। हर प्रजाति में गुणसूत्रों की संख्या निश्चित रहती है। मानव-कोशिका में गुणसूत्रों की संख्या 46 होती है, जो 23 के जोड़े में होते हैं। इनमें से 22 गुणसूत्र नर और मादा में समान होते हैं और वे अपने-अपने जोड़े के समजात या एक-से होते हैं। इन्हें एक-साथ मिलाकर समजात गुणसूत्र कहा जाता है। 23वें जोड़े के गुणसूत्र स्त्री और पुरुष में समान नहीं होते। इन्हें विषमजात गुणसूत्र कहा जाता है।"

"ठीक है, मैं समझ गया।... आप मुझे बता रहे थे कि हमारे निकट गोरिल्ला है या चिंपांजी?" सौम्य ने हरीश बाबू को याद दिलाया।

"अच्छा।" हरीश बाबू ने कहा, "अगर सभी आधारों पर तुलना की जाए, तो इस बारे में कोई भी निर्णय नहीं किया जा सकता। कुछ चीजें गोरिल्ला और चिंपांजी में समान हैं और कुछ तीनों यानी आदमी, गोरिल्ला और चिंपांजी में समान हैं। फिलहाल यह मान लेना सुविधाजनक है कि दोनों ही हमारे निकटतम जीवित संबंधी हैं।"

रात हो चली थी।

"आपको अब आराम करना होगा, मैं कल फिर आऊँगा।" सौम्य ने कहा।

"ठीक है।" हरीश बाबू ने कहा।

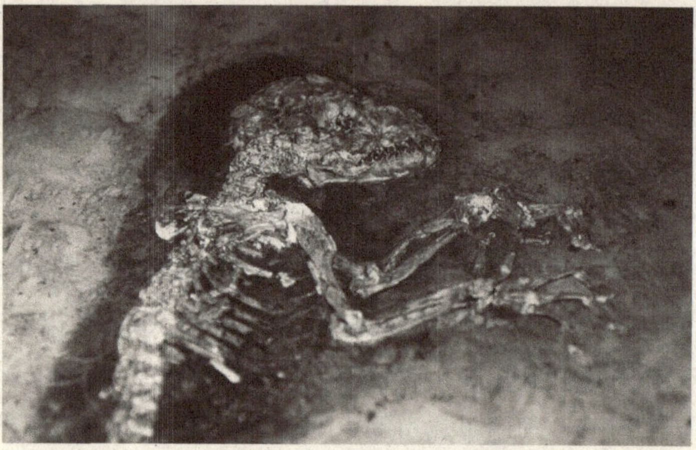

47 मिलियन साल पुराना प्राइमेट का जीवाश्म

जीवाश्म कहते हैं कहानी

"अभी तक हमने यह देखने की कोशिश की है कि जीवित प्राणियों में से कौन हमारे सबसे निकट है।" अगले दिन हरीश बाबू ने बात शुरू की, "लेकिन जैसा कि तुम जानते ही हो, इस धरती पर अनेक प्राणी हुए हैं जो आज जीवित नहीं है। इन्हें लुप्त प्राणी कहा जाता।"

"लेकिन चाचाजी, प्राणी लुप्त क्यों हो जाते हैं?" सौम्य ने पूछा।

"तुमने प्रकृति के इस नियम के बारे में सुना होगा कि सबसे उपयुक्त ही जीवित रहता है। अंग्रेजी में इसे 'सर्वाइवल ऑफ़ द फिटेस्ट' कहते हैं। जो प्राणी वातावरण के सबसे उपयुक्त होता है या जो वातावरण के अनुसार खुद को ढाल लेता है, वही सबसे ज़्यादा जीवित रहता है, क्योंकि वह अपने जैसे प्राणियों का प्रजनन करता रहता है।" हरीश बाबू ने बताया, "इसका मतलब यह हुआ

कि प्राणियों के लुप्त होने का सबसे बड़ा कारण यह है कि जिस वातावरण में वह प्राणी रहता है, वह उसके प्रतिकूल या विरुद्ध हो जाता है।" हरीश बाबू ने बताया, "और इस प्रकृति में उसके साथ रहने वाले प्राणी भी शामिल होते हैं। जैसे अगर किसी प्राणी का बहुत ज़्यादा शिकार होने लगे, तो वह धीरे-धीरे लुप्त हो सकता है।"

"हाँ, मैंने सुना है कि हमारे देश में बाघ के लुप्त होने का ख़तरा है और इसलिए सरकार और बहुत सारी संस्थाएँ उन्हें बचाने की कोशिशें कर रहे हैं।" सौम्य ने याद करते हुए कहा।

"बिलकुल सही कहा।" हरीश बाबू बोले, "यह इसलिए हुआ है क्योंकि लोगों ने उसका बहुत ज़्यादा शिकार करना शुरू कर दिया। प्राणी इस तरह धीरे-धीरे कम होते हैं और फिर एक दिन समाप्त हो जाते हैं।"

"और मैंने एक फ़िल्म भी देखी है, जुरासिक पार्क। इसमें बड़े-बड़े प्राणियों को दिखाया गया है।" सौम्य ने आँखें बड़ी करते हुए कहा, "आश्चर्य की बात है कि इतने बड़े-बड़े प्राणी भी होते थे।" फिर सौम्य को जैसे कुछ याद आया, "लेकिन चाचाजी, हमें कैसे पता चलता है कि इस तरह के प्राणी कभी जीवित थे। क्या उनकी तसवीरें वगैरह मिलती हैं?"

"उस समय तसवीरें वगैरह बनाने की सुविधा तो नहीं थी," हरीश बाबू ने कहा, "लेकिन प्राणियों के कुछ अंग, जैसे हड्डियाँ, काफ़ी समय तक नष्ट नहीं होतीं। उनके इन देर तक रहने वाले अवशेषों को जीवाश्म कहा जाता है। कई बार ऐसा भी होता है कि कोई प्राणी चट्टान आदि के बीच में आकर मर जाए, तो चट्टान पर उसकी छाप रह सकती है।"

"ओह, ऐसा!" सौम्य ने कहा।

"इसी तरह हमें कुछ लुप्त कपियों की हड्डियाँ और दाँत मिले हैं।" हरीश बाबू ने बताया, "उनके आधार पर हम यह देख सकते हैं कि क्या कोई ऐसे लुप्त कपि थे, जो चिंपांजी और गोरिल्ले की तुलना में आदमी के ज़्यादा निकट हैं?"

"यह जानने के लिए तो हमें देखना होगा कि क्या लुप्त कपियों और आदमी में ऐसी सजातीय विशेषताएँ हैं, जो चिंपांजी और गोरिल्ले में नहीं हैं?" सौम्य ने सोचते हुए कहा।

"सही बात।" हरीश बाबू बोले, "अब देखो चिंपांजी और गोरिल्ले की तुलना में आदमी की थूथनी छोटी और चेहरा सपाट होता है। आदमी दो पैरों पर चलता है और उसके दिमाग का आकार बड़ा होता है। अब अगर चिंपांजी और गोरिल्ले की तुलना में किसी जीवाश्म-कपि में इनमें से कोई विशेषता हो, तो हम कह सकते हैं कि वह चिंपांजी और गोरिल्ले की तुलना में हमारे अधिक निकट है।"

"जी हाँ।" सौम्य ने हामी भरी।

"लुप्त कपियों में एक प्रकार है—रामापिथेसन। ये लगभग डेढ़ करोड़ से अस्सी लाख साल पहले तक जीवित थे। इनके जीवाश्म टर्की, पाकिस्तान, भारत और केन्या आदि में मिले हैं। रामापिथेसन नाम राम और पिथेकोस से मिलकर बना है। राम तो हमारे भगवान हैं ही; पिथेकोस ग्रीक शब्द है, जिसका अर्थ है, बंदर या कपि।"

"तो क्या रामापिथेसन हमारे ज़्यादा निकट थे?" सौम्य ने उत्सुक होकर पूछा।

"इसके लिए हमें देखना होगा कि क्या इनमें आदमी की कोई ऐसी विशेषता है, जो चिंपांजी और गोरिल्ले में नहीं है।" हरीश बाबू ने कहा, "हमें रामापिथेसन के जबड़ों के टुकड़े ही मिले हैं, पूरे जबड़े नहीं। लेकिन इनके आधार पर भी हमें सुराग मिल सकते हैं। उदाहरण के लिए, इनके आधार पर हम पता लगा सकते हैं कि रामापिथेसन की थूथनी आदमी की तरह छोटी थी, चिंपांजी और गोरिल्ले की तरह लंबी नहीं। छोटी थूथनी और सपाट चेहरे के कारण आदमी की जाड़ और दाँतों में अनेक ऐसी विशेषताएँ आ गई हैं, जो चिंपांजी और गोरिल्ले में नहीं हैं।"

"वे कौन-सी विशेषताएँ हैं, चाचाजी?" सौम्य ने पूछा।

"देखो, ये विशेषताएँ आदमी के चबाने के ढंग के कारण आई हैं।" हरीश बाबू ने समझाया, "जब चिंपांजी चबाता है, तो उसके लंबे रदनक यानी काटने के दाँत एक-दूसरे के ऊपर आकर बगल ढँक लेते हैं, जिससे ये अगल-बगल में नहीं चल सकते।"

"यानी उसके दाँत ऊपर-नीचे चलते हैं।" सौम्य ने कहा, "यह तो बड़ी मजेदार बात है।"

"हाँ," हरीश बाबू ने कहा, "उसके चबाने के दाँत एक पंक्ति में होते हैं, इसलिए हरकत होने पर वे सभी आपस में मिलते हैं। इससे चबाने के दाँत घिसकर ऊबड़-खाबड़ हो जाते हैं। इसके विपरीत जब आदमी चबाता है, तो उसके रदनक दाँत एक-दूसरे के ऊपर नहीं आते, इसलिए उसके जबड़े अलग-बगल में भी चल सकते हैं..."

"अरे हाँ।" सौम्य ने अपने जबड़े चलाते हुए कहा।

हरीश बाबू हँसने लगे, "इस वजह से आदमी के चबाने के दाँत घिसकर सपाट हो जाते हैं।"

"यह तो बहुत बड़ा अंतर है।" सौम्य ने आश्चर्य से कहा।

"हाँ, और बारीक भी।" हरीश बाबू मुसकराए, "जाड़ और दाँतों को देखने से भी पता चल जाता है कि चिंपांजी और आदमी अलग-अलग ढंग से चबाते थे। चिंपांजी के जबड़े में रदनक दाँत लंबे होते हैं और चबाने के दाँतों से दो सीधी पंक्तियाँ बनती हैं। उधर आदमी के रदनक दाँत छोटे होते हैं, और दाँत गोलाकार चाप बनाते हैं।"

"तो क्या रामापिथेसन के दाँत हमारे जैसे थे?" सौम्य ने पूछा।

"जीवाश्मों के आधार पर ऐसा अनुमान लगाया जाता है कि रामापिथेसन के दाँत घिसकर सपाट हो जाते थे, और शायद इनके जबड़े भी आदमी की तरह अगल-बगल चलकर चबा सकते थे।"

"चाचाजी, क्या रामापिथेसन की थूथनी हमारी तरह छोटी थी?" सौम्य ने सवाल किया।

"रामापिथेसन की पूरी थूथनी नहीं मिली।" हरीश बाबू ने बताया, "लेकिन उसके विभिन्न टुकड़ों के आधार पर वैज्ञानिकों ने उनकी थूथनी का एक मॉडल बनाया है। इस मॉडल के आधार पर कहा जा सकता है कि रामापिथेसन की थूथनी काफ़ी छोटी थी और इस लिहाज से वह आदमी की थूथनी के ज़्यादा करीब थी, न कि चिंपांजी या गोरिल्ले की थूथनी के।"

"तो चाचाजी, इसका मतलब यह हुआ कि चिंपांजी और गोरिल्ले के बजाय रामापिथेसन हमारे ज़्यादा निकट के संबंधी थे।" सौम्य ने फैसला सुनाया।

"हो सकता है।" हरीश बाबू ने कहा, "लेकिन यह भी हो सकता है कि रामापिथेसन की छोटी थूथनी अनन्य सजातीय विशेषता न हो, बल्कि वह संयोग से ही आदमी के जैसी हो गई हो। ऐसा भी हो सकता है कि रामापिथेसन और कुछ अन्य कपियों के 'समान पूर्वजों' की थूथनी छोटी ही होती हो। यानी छोटी थूथनी प्राइमेट जाति की विशेषता हो, और चिंपांजी और गोरिल्ले की लंबी थूथनी उनके जीवन के अलग ढंग के कारण अभी हाल ही में विकसित हुई हो।"

"यानी इस बारे में कुछ भी पूरे विश्वास के साथ नहीं कहा जा सकता।" सौम्य ने सोचते हुए कहा।

"हाँ," हरीश बाबू ने कहा, "लेकिन यह माना जा सकता है कि चिंपांजी और गोरिल्ले की तुलना में रामापिथेसन हमारे ज़्यादा निकट के संबंधी हैं।"

हरीश बाबू चुप हो गए। फिर कुछ देर बाद बोले, "और भी अनेक कपियों के जीवाश्म मिले हैं, लेकिन अब देर हो रही है। उनके बारे में हम कल बात करेंगे।"

"ठीक है, चाचाजी! अब तक की जानकारी के लिए आपका बहुत-बहुत धन्यवाद!" सौम्य ने कहा और नमस्ते करके चला गया।

कोस्मोकैक्झिया संग्रहालय में लूसी

लूसी का कंकाल

"चाचाजी, हमारे अन्य संबंधियों के बारे में बताइए।" अगले दिन सौम्य ने उत्सुकतापूर्वक कहा।

"हाँ, हाँ, क्यों नहीं।" हरीश बाबू बोले, "कपियों के एक और प्रकार के जीवाश्म दक्षिण अफ़्रीक़ा, केन्या, तंजानिया आदि में मिले हैं। इन्हें ओस्ट्रालोपिथेसिन नाम दिया गया है। यह जाति लगभग 5 करोड़ वर्ष पूर्व से लेकर डेढ़ करोड़ वर्ष पूर्व के बीच जीवित थी। ओस्ट्रालोपिथेसिन में ओस्ट्राल लैटिन शब्द है, जिसका अर्थ है दक्षिणी और पिथेकोस ग्रीक शब्द जिसका अर्थ है..."

"कपि या बंदर।" सौम्य ने मुसकराकर बात पूरी की।

"हाँ।" हरीश बाबू भी मुसकराए और बोले, "अब मान लें कि चिंपांजी

और गोरिल्ले की तुलना में ओस्ट्रालोपिथेसिन आदमी और रामापिथेसन के ज़्यादा करीब के संबंधी हैं।"

"तो इस विचार की जाँच के लिए हमें देखना होगा कि क्या ओस्ट्रालोपिथेसिन, आदमी और रामापिथेसन में ऐसी कोई सजातीय विशेषता है, जो चिंपांजी और गोरिल्ले में न हो?" सौम्य ने कहा।

"ठीक है।" हरीश बाबू सौम्य की रुचि देखकर बहुत खुश हुए और बोले, "तो सबसे पहले देखा जाए कि क्या ओस्ट्रालोपिथेसिन की थूथनी छोटी थी? दक्षिण अफ़्रीक़ा में ओस्ट्रालोपिथेसिन की हड्डियों के टुकड़े मिले हैं, और उनकी माप के आधार पर एक ओस्ट्रालोपिथेसिन महिला का मॉडल तैयार किया गया है। इस मॉडल की थूथनी आदमी और रामापिथेसन की तरह छोटी है, चिंपांजी और गोरिल्ले की तरह लंबी नहीं। अतः हम कह सकते हैं कि ओस्ट्रालोपिथेसिन, आदमी और रामापिथेसन के ज़्यादा निकट के संबंधी हैं, बजाय चिंपांजी और गोरिल्ले के।"

"चाचाजी, अब प्रश्न यह उठता है कि इन दोनों में से आदमी के ज़्यादा निकट कौन है—ओस्ट्रालोपिथेसिन या रामापिथेसन?" सौम्य ने सवाल किया और फिर आगे जोड़ा, "और इसकी जाँच के लिए हमें यह देखना होगा कि इन दोनों में से किसके पास आदमी की अनन्य सजातीय विशेषता है?"

"बहुत खूब!" हरीश बाबू ने सौम्य की तारीफ़ की और बात को आगे बढ़ाया, "अभी तक रामापिथेसन के केवल जबड़े और दाँत मिले हैं। अगर इनके आधार पर तुलना की जाए, तो पता लग सकता है कि कौन किसके ज़्यादा करीब है। इन तीनों के ही आगे के चबाने के दाँतों या अग्रचर्वणकों के ऊपर की नुकीली बनावट की जाँच करने से पता चलता है कि ओस्ट्रालोपिथेसिन और आदमी के जबड़ों में हर चर्वणक दाँत पर दो-दो नोकें हैं। इससे यह बात सिद्ध होती है कि रामापिथेसन की तुलना में, ओस्ट्रालोपिथेसिन हमारे ज़्यादा करीब है।"

"लेकिन चाचाजी," सौम्य ने सवाल किया, "क्या इस बात का कोई और भी प्रमाण है कि इनमें ओस्ट्रालोपिथेसिन आदमी के ज़्यादा करीब है? यानी क्या ओस्ट्रालोपिथेसिन और आदमी में और भी अनन्य सजातीय विशेषताएँ समान हैं?"

"सौभाग्य से हमें ओस्ट्रालोपिथेसिन की खोपड़ी के ज़्यादातर हिस्सों के टुकड़े मिल गए हैं, अतः हमारे पास आदमी से उसकी तुलना करने के और भी आधार हैं।" हरीश बाबू ने बताया, "उदाहरण के लिए, इस बात के प्रमाण मिलते हैं कि ओस्ट्रालोपिथेसिन भी आदमी की तरह दो पैरों पर सीधे चलते थे।"

"यह तो बड़ी मजेदार बात है।" सौम्य ने खिलखिलाकर कहा।

"आओ, हम इसे समझ लें।" हरीश बाबू सौम्य के रोमांच पर ख़ुश थे, "शुरू में कपि शायद चारों पैरों पर चलते थे। आगे चलकर आदमी और गोरिल्ले ने चलने का अपना-अपना अलग ढंग विकसित किया। यदि इनके कंकालों की तुलना की जाए, तो इनके चलने के भिन्न तरीकों के सबूत मिल जाते हैं।"

"वो कैसे, चाचाजी?" सौम्य ने पूछा।

"देखो, तुम जानते हो कि आदमी सीधा चलता है।" हरीश बाबू ने समझाया, "आदमी की रीढ़ की हड्डी पर उसका सिर ठीक से संतुलित रहता है। उसकी रीढ़ की हड्डी खोपड़ी के बीच में जुड़ती है। उसकी गर्दन की माँसपेशियाँ छोटी हैं और खोपड़ी काफ़ी नीचे की ओर जुड़कर सिर को सहारा देती है।"

"जी," सौम्य समझ रहा था, "और गोरिल्ले की?"

"गोरिल्ले की रीढ़ की हड्डी पीछे की ओर जुड़ती है, इसलिए उसके सिर को आदमी के सिर की तुलना में ज़्यादा सहारे की ज़रूरत पड़ती है।" हरीश बाबू ने जवाब दिया, "यही कारण है कि उसकी गर्दन की माँसपेशियाँ बड़ी और मज़बूत होती हैं और ये खोपड़ी पर काफ़ी ऊपर जाकर जुड़ती हैं। ठहरो, मैं तुम्हें इसका चित्र दिखाता हूँ।"

हरीश बाबू ने अपने रैक में से एक किताब निकाली और उसमें से ढूँढ़कर

एक पृष्ठ निकाला और सौम्य के सामने रख दिया, और बोले, "देखो, इसमें दोनों की स्थितियाँ साफ़-साफ़ पता चल रही हैं। ओस्ट्रालोपिथेसिन की खोपड़ी आदमी से ज़्यादा मिलती-जुलती है, क्योंकि उसकी रीढ़ की हड्डी खोपड़ी के बीच में तथा गर्दन की माँसपेशियाँ नीचे की ओर जुड़ती हैं। इस प्रमाण के आधार पर कहा जा सकता हैं कि ओस्ट्रालोपिथेसिन सीधे चलता था।"

"चाचाजी, क्या चलने के ढंग से शरीर के और हिस्सों पर भी प्रभाव पड़ता है?" सौम्य जैसे सभी बातें पूछ लेना चाहता था।

"हाँ बिलकुल।" हरीश बाबू ने बताया, "चलने में कूल्हे का बहुत महत्त्वपूर्ण स्थान है, क्योंकि चलते समय काम आने वाली माँसपेशियाँ इसी से जुड़ती हैं। इनमें से कुछ माँसपेशियों का आकार आदमी और गोरिल्ले में भिन्न-भिन्न है। कूल्हे की हड्डी का आकार भी इस अंतर को दिखाता है। दक्षिण अफ़्रीक़ा में मिली ओस्ट्रालोपिथेसिन की कूल्हे की हड्डी, आदमी की कूल्हे की हड्डी के समान छोटी और चौड़ी है, जबकि गोरिल्ले के कूल्हे की हड्डी लंबी और पतली होती है।"

"जी।" कहकर सौम्य ने बताया कि वह सारी बातें समझ रहा है।

"चलने में जाँघ की हड्डी का भी बहुत महत्त्वपूर्ण काम है।" हरीश बाबू ने आगे बताया, "चलते समय हरकत में आने वाली अनेक माँसपेशियाँ इससे भी जुड़ी होती हैं। केन्या में एक ओस्ट्रालोपिथेसिन की जाँघ की हड्डी मिली है। हालाँकि यह हड्डी पूरी नहीं है, लेकिन इसके आधार पर भी कहा जा सकता है कि वह आदमी की जाँघ जैसी है, न कि गोरिल्ले जैसी क्योंकि इसका ऊपरी सिरा आदमी की हड्डी जैसी लंबा है और इसकी धुरी भी आदमी की हड्डी के समान लंबी और थोड़ी-सी घुमावदार है।"

"इसका मतलब यह हुआ कि ओस्ट्रालोपिथेसिन हमारे अधिक निकट संबंधी हैं।" सौम्य उत्सुकता से बोल उठा।

"इस बात की हम और भी जाँच कर सकते हैं।" हरीश बाबू गंभीरता से

बोले, "वैसे तो आम तौर से पैरों की हड्डियाँ जीवाश्म के रूप में बचती नहीं हैं, लेकिन तंजानिया में कुछ ओस्ट्रालोपिथेसिनों की पैरों की हड्डियों के जीवाश्म मिले हैं। अलग-अलग ओस्ट्रालोपिथेसिन के पैरों की हड्डियों के टुकड़ों को जोड़-जोड़कर एक पैर बनाया गया। इस पैर की तुलना आदमी और गोरिल्ले के पैरों से की जाए, तो पता चलता है कि ओस्ट्रालोपिथेसिन के पैरों की उँगलियाँ हमारी तरह छोटी होती थीं और अँगूठा भी आगे की ओर निकलता था, जबकि गोरिल्ले कि उँगलियाँ बहुत बड़ी होती हैं और उसका अँगूठा बगल की ओर निकला होता है।"

"यह तो बहुत रोचक बात है।" सौम्य को रोमांच हो आया, "जब मैं अगली बार चिड़ियाघर जाऊँगा, तो इसे ध्यान से देखूँगा।" सौम्य ने अपनी योजना बताई और पूछा, "चाचाजी, क्या ओस्ट्रालोपिथेसिन के और भी जीवाश्म मिले हैं?"

"इथियोपिया में 1974 में एक ओस्ट्रालोपिथेसिन का तीन करोड़ वर्ष पुराना लगभग आधा कंकाल मिल गया है।" हरीश बाबू ने जानकारी दी, "यह कंकाल शायद महिला का है, इसलिए इसे लूसी नाम दिया गया है। इस कंकाल की तसवीर मैं तुम्हें दिखा सकता हूँ।"

हरीश बाबू उठे और उन्होंने एक और किताब रैक से निकाली तथा उसमें से खोजकर एक तसवीर सौम्य के सामने रख दी।

तसवीर देखकर सौम्य चहक उठा, "चाचाजी, यह तो बिलकुल हमारे जैसी लगती है।"

"हाँ।" हरीश बाबू ने स्वीकार किया और आगे बताया, "लूसी के कंकाल के विभिन्न हिस्से भी यह प्रमाणित करते हैं कि लूसी और सभी ओस्ट्रालोपिथेसिन हमारी तरह सीधे खड़े होकर दो पैरों पर चलते थे।" हरीश बाबू ने रुककर लंबी साँस ली और बात आगे बढ़ाई, "ओस्ट्रालोपिथेसिन की भी कई किस्में मिलती हैं, और इनमें कुछ ऐसी विशेषताएँ भी मानी गई हैं, जो आदमी से अलग हैं। अतः यह कह पाना अभी कठिन है कि ओस्ट्रालोपिथेसिन ही हमारे पूर्वज थे।"

हरीश बाबू रुके। उन्होंने दीवार पर टँगी घड़ी देखी। समय काफ़ी हो चुका था। सौम्य उनका इशारा समझ गया। बोला, “चाचाजी, मैं कल फिर आऊँ?”

“कल शाम को मैं घर पर नहीं रहूँगा।” हरीश बाबू ने बताया, “तुम परसों आना।”

“ओह!” सौम्य के मुँह से निकल पड़ा। वह मायूस लग रहा था।

“तब तक तुम यह किताब ले जाओ और जितना पढ़ सको, पढ़ो।” हरीश बाबू ने सुझाव दिया।

“हाँ, यह ठीक रहेगा।” सौम्य फिर से ख़ुश हो गया। उसने किताब ली, हरीश बाबू को धन्यवाद दिया, नमस्ते की और अपने घर चला गया।

औज़ार बनाने वाला प्राणी

अगली बार मिलने पर हरीश बाबू ने नई बात शुरू की।

"प्राणियों के एक और वर्ग के जीवाश्म तंजानिया और केन्या में मिले हैं, जिन्हें आदमी का निकट का संबंधी माना जा सकता है।" उन्होंने बताया।

"अच्छा!" सौम्य को आश्चर्य हुआ।

"हाँ," हरीश बाबू ने कहा, "ये प्राणी लगभग दो करोड़ से डेढ़ करोड़ वर्ष पूर्व के बीच जीवित थे। इन्हें हैबीलियन कहा जाता है। और शायद ये ही पहले प्राणी थे, जो औज़ार बनाते थे।"

"औज़ार?!" सौम्य ने चौंककर कहा।

जवाब में हरीश बाबू मुसकराए और उन्होंने अपनी बात जारी रखी, "तंजानिया में एक हैबीलियन की खोपड़ी मिली है। उसके आधार पर कहा जा सकता है कि इन प्राणियों की थूथनी छोटी थी और ये सीधे खड़े होकर दो पैरों पर चलते थे। इस तरह हम समझ सकते हैं कि हैबीलियन आदमी और ओस्ट्रालोपिथेसिन के करीब थे। इनमें से भी ये आदमी के ज़्यादा करीब के संबंधी थे, क्योंकि इनका आदमी के समान बड़ा दिमाग़ था, और ये औज़ार भी बनाते थे।"

"तो क्या आदमी का दिमाग़ सबसे बड़ा होता है?" सौम्य ने सवाल किया।

"वैसे तो ऐसे भी बहुत से बड़े-बड़े जानवर हैं जिनका दिमाग़ आदमी से बड़ा होता है," हरीश बाबू ने बताया, "लेकिन इस चीज़ को अनुपात के आधार

पर देखना होगा। आदमी जितने आकार के जो दूसरे प्राणी हैं, उनमें से किसी अन्य के पास आदमी जितना बड़ा दिमाग़ नहीं होता। उदाहरण के लिए, साठ किलोग्राम के चिंपांजी के दिमाग़ का वज़न इतने ही वज़न के आदमी के दिमाग़ से बहुत छोटा होता है।"

"तो क्या बड़ा दिमाग़ होना आदमी की महत्त्वपूर्ण विशेषता है?" सौम्य ने दिमाग़ पर ज़ोर डालते हुए पूछा।

"हाँ," हरीश बाबू ने बताया, "बड़ा दिमाग़ होना आदमी की महत्त्वपूर्ण विशेषता है। यह चीज़ उसे दूसरे सभी प्राणियों से अलग करती है। उसके बहुत-से गुणों और विकास का आधार दिमाग़ ही है। समझे!"

"जी, चाचाजी," सौम्य ने कहा, "लेकिन एक बात समझ में नहीं आई। दिमाग़ तो इतने लंबे समय तक बचे नहीं रह सकते। ये तो गल-सड़ जाते हैं। तो फिर जीवाश्म के रूप में ये कैसे बचे रहे?"

"तुम ठीक कहते हो," हरीश बाबू बोले, "जीवाश्म के रूप में दिमाग़ नहीं बचे रहते, इसलिए दिमाग़ की माप और तुलना हम नहीं कर सकते। लेकिन खोपड़ी या उसके टुकड़ों के भीतर के हिस्से की मिट्टी आदि से ढलाई करके हम उसके दिमाग़ के आकार का अनुमान लगा सकते हैं।"

"तो क्या हैबीलियन का दिमाग़ आदमी जितना ही बड़ा था?" सौम्य ने पूछा।

"वैसे तो हैबीलियन के दिमाग़ का आकार आदमी के दिमाग़ से छोटा ही था," हरीश बाबू ने कहा, "लेकिन यहाँ भी हमें अनुपात वाली बात याद रखनी होगी। आदमी की तुलना में हैबीलियन बहुत छोटे प्राणी थे। उनकी हड्डियों के आकार से अनुमान लगाया जाता है कि उनका वज़न चालीस किलोग्राम तक होता था। यह वज़न आदमी के लगभग 12 साल के बच्चे के बराबर होता है। अतः उनके आकार के हिसाब से उनका दिमाग़ काफ़ी बड़ा था।"

"तो क्या ओस्ट्रालोपिथेसिन का दिमाग़ बड़ा नहीं था?" सौम्य का सवाल आया।

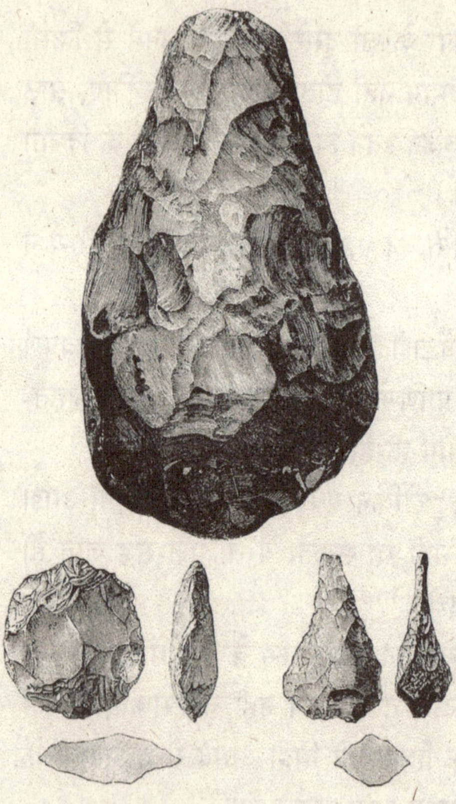

दक्षिण-पूर्वी इंग्लैंड में स्थित देश केंट से मिली कुल्हाड़ियाँ, जो होमो इरेक्टस के औज़ार थे।

"आकार के हिसाब से उनका दिमाग़ भी काफ़ी बड़ा था," हरीश बाबू ने समझाया, "लेकिन हैबीलियन का दिमाग़ उनसे बड़ा था।"

"अच्छा।" सौम्य ने सोचते-समझते हुए सवाल किया, "और आपने यह भी तो बताया था कि हैबीलियन औज़ार भी बनाते थे।"

"हाँ," हरीश बाबू ने कहा, "अब इस बात को देखा जाए। क्या तुम्हें मालूम है कि आज धरती पर आदमी ही अकेला ऐसा प्राणी है, जो औज़ार बनाता और उसका इस्तेमाल करता है, बल्कि वह तो औज़ार बनाने के लिए भी औज़ार का इस्तेमाल करता है।"

"तो क्या दूसरे जानवर औज़ार नहीं बनाते?" सौम्य को सचमुच आश्चर्य हो रहा था।

"चिंपांजी जैसे जानवर और कुछ चिड़ियाँ पत्थर, लकड़ी आदि चीज़ों का इस्तेमाल औज़ारों की तरह ज़रूर करते हैं, और वे उन्हें औज़ार के रूप में बदल भी लेते हैं," हरीश बाबू ने समझाया, "लेकिन उन्हें आज तक औज़ार से औज़ार बनाना नहीं आया।"

"औज़ार बनाने में क्या ख़ास बात है, चाचाजी?" सौम्य ने पूछा।

"औज़ार बनाना, औज़ार का इस्तेमाल करने से बहुत अलग बात है,"

हरीश बाबू ने समझाया, "हम दो पत्थरों को औज़ार की तरह इस्तेमाल करके उन्हें रगड़कर आग पैदा करें, तो इसका मतलब हुआ कि हम औज़ार का इस्तेमाल कर रहे हैं। लेकिन अगर हम लाइटर बनाएँ, तो तुम समझ सकते हो कि उसमें कितने चिंतन और कौशलों की ज़रूरत पड़ती है। इसके पीछे समस्या को सुलझाने की सोच होती है। जब आदमी किसी समस्या में पड़ जाता है, तो वह उसका समाधान करने के लिए समस्या का अवलोकन करता है, उसका विश्लेषण करता है, उसके कारण ढूँढ़ता है, फिर उसके हल पर विचार करता है, अनेक उपाय आज़माता है, और आखिर में उपयोगी औज़ार बना पाता है जिससे उस समस्या का समाधान हो सके। तुम पेचकस जैसे छोटे-से औज़ार को भी गौर से देखोगे, तो पाओगे कि उसके पीछे कितनी सोच और मेहनत लगी है।"

"हाँ, यह बात तो है।" सौम्य ने सोचते हुए कहा, "अच्छा चाचाजी, अब यह बताइए कि औज़ार से औज़ार बनाने का क्या मतलब है?"

"औज़ार से औज़ार बनाना तो और ज़्यादा विकसित दिमाग़ का संकेत करता है। अब एक तो हथौड़ी बनाना अपने आपमें बहुत सोच-विचार की माँग करेगा कि पहले लोहे और दूसरी धातुओं की जानकारी हो, उन्हें पिघलाने और मिश्रित करने की कला आती हो, उन्हें आकार में ढालना आता हो, उनमें हत्था लगाने के लिए छिद्र करने का काम आता हो, वगैरह-वगैरह।" हरीश बाबू ने समझाया।

"और अगर औज़ारों का इस्तेमाल करके औज़ार बनाने की बात होगी, तो उनमें तो और भी विकसित दिमाग़ की ज़रूरत पड़ेगी।" सौम्य ने सोचते हुए कहा, "जैसे अगर हमें हथौड़े से पीट-पीटकर पेचकस बनाना हो, तो हमें बहुत-सी चीज़ों का ध्यान रखना होगा।"

"बिलकुल सही," हरीश बाबू ने सौम्य की फिर से सराहना की, "और तुम आज देखते हो कि पेचकस भी सैकड़ों तरह के होते हैं। हर अलग काम के

लिए अलग तरह के पेचकस की ज़रूरत पड़ती है। किसी दूसरे जीवित प्राणी के पास आदमी के समान औज़ार बनाने की योग्यता नहीं है। यह आदमी की अनन्य विशेषता है।"

"तो क्या हैबीलियन औज़ार बना लेते थे?" सौम्य ने सवाल किया।

"हाँ, हैबीलियन शायद पहले प्राणी थे, जिन्होंने औज़ार बनाए थे।" हरीश बाबू ने बताया, "इस बात के सबूत मिले हैं कि वे दूर-दूर से पत्थर जमा करते थे और दूसरे पत्थरों की मदद से उन्हें औज़ार का रूप देते थे। उन्होंने अलग-अलग कामों के लिए अलग-अलग औज़ार बनाए। उनके औजारों में चाकू, विभिन्न प्रकार के गंडासे और खुरपी वगैरह शामिल थे।"

नुकीला पत्थर : मानव-निर्मित पत्थरों के औज़ारों का सबसे मूल रूप।

"क्या ओस्ट्रालोपिथेसिन ने औज़ारों का बिलकुल इस्तेमाल नहीं किया था?" सौम्य ने पूछा।

"हो सकता है कि उन्होंने पत्थरों और हड्डियों का इस्तेमाल औज़ारों के रूप में किया हो," हरीश बाबू ने कहा, "लेकिन इस बात का कोई सबूत नहीं मिलता कि उन्होंने हैबीलियन की तरह औज़ार बनाए भी थे।"

"चाचाजी, तो क्या हैबीलियन मानव थे?" सौम्य के मुँह से अचानक निकल पड़ा।

"औज़ार बनाना आदमी का ऐसा महत्त्वपूर्ण गुण है कि हम सोच सकते हैं कि हैबीलियन मानव थे।" हरीश बाबू ने समझाया, "औज़ार बनाना उन अन्य विशेषताओं से अलग गुण है, जिनके आधार पर हमने अभी तक प्राणियों के

संबंधों की जाँच की है। यह शारीरिक या भौतिक गुण नहीं है, बल्कि व्यावहारिक गुण है। इसे सीखा जा सकता है। तुम देखते हो कि मानव दूसरे मानवों को शिक्षा और प्रशिक्षण देकर उसमें अपने जैसे गुण पैदा कर सकता है। बहुत सारे स्कूल, विश्वविद्यालय और संस्थान लगातार यही काम करते हैं।"

"हाँ, जैसे आप मुझे सिखा रहे हैं।" सौम्य ने कृतज्ञतापूर्वक कहा।

हरीश बाबू मुसकराए और उन्होंने मानव के विकास की कहानी को आगे बढ़ाया, "समस्याओं का समाधान करने के लिए औज़ार बनाने में बहुत अधिक बुद्धि की ज़रूरत पड़ती है, और इसीलिए औज़ार बनाना इतना महत्त्वपूर्ण है।"

"इसका मतलब है कि हैबीलियन बहुत चतुर थे।" सौम्य को आश्चर्य हुआ।

"हैबीलियन के विभिन्न औज़ारों को देखने से पता चलता है कि उसका दिमाग़ काफ़ी तेज़ था। जीवित मानव को विज्ञान की भाषा में होमो कहा जाता है। होमो लैटिन शब्द है, जिसका अर्थ आदमी है। हैबीलियन को भी विज्ञान की भाषा में होमो ही कहा जाता है।"

"यानी हैबीलियन भी मानव ही हुए!" सौम्य ने सोचते हुए कहा।

"हाँ, कह सकते हैं।" हरीश बाबू बोले, "लेकिन ये हमसे इतने अलग हैं कि शायद ये अलग किस्म के मानव थे, और इसीलिए उन्हें होमो हैबीलियन कहा गया, जिसका मतलब है, छोटा आदमी। मानव को होमो सैपियन कहा जाता है, जिसका अर्थ है, बुद्धिमान आदमी। जीवाश्म के मानवों से उन्हें अलग दिखाने के लिए उन्हें आधुनिक मानव कहना ज़्यादा सही होगा।"

देर होने लगी थी। कल फिर मिलने की बात तय करके सौम्य अपने घर चला गया।

प्राणी जो आग जलाते थे

"एक करोड़ साल पहले के एक अन्य मानव के जीवाश्म हमें जर्मनी, तंजानिया, दक्षिण अफ़्रीक़ा, चीन और जावा में मिले हैं।" हरीश बाबू ने पिछले दिन की बात को आगे बढ़ाया, "इन जीवाश्मों को होमो इरेक्टस नाम दिया गया, जिसका अर्थ है, सीधा खड़ा आदमी।"

"इनकी क्या खासियत थी, चाचाजी?" सौम्य ने पूछ लिया।

"ये लोग आग का इस्तेमाल करते थे।" हरीश बाबू ने सौम्य को फिर से चौंका दिया।

"अरे, वाह!" उसके मुँह से निकला।

"हाँ," हरीश बाबू मुसकराए, "शायद आग उन्हें उत्तरी जलवायु में ठंड की समस्या से निपटने में मदद करती होगी।"

"लेकिन चाचाजी, अगर होमो इरेक्टस आधुनिक मानव और हैबीलियन के निकट संबंधी हैं, तो उनकी थूथनी छोटी होनी चाहिए, उन्हें दो टाँगों पर चलना चाहिए, उनका बड़ा दिमाग़ होना चाहिए, और उन्हें औज़ार बनाना भी तो आना चाहिए!" सौम्य ने तुलना के मानदंड गिनवाए, "क्या इनमें ये विशेषताएँ थीं?"

"जावा में जो कुछ अवशेष मिले हैं, उन्हें देखकर कहा जा सकता है कि होमो इरेक्टस में इनमें से काफ़ी विशेषताएँ थीं।" हरीश बाबू ने जानकारी दी, "इस तरह वे आदमी और हैबीलियन के निकट के संबंधी हैं। अब देखना यह है कि आदमी और हैबीलियन में से वे किसके ज़्यादा निकट हैं।"

“जी हाँ।” सौम्य ने उत्सुकतापूर्वक कहा।

“होमो इरेक्टस के आकार के अनुपात में उनका दिमाग़ भी काफ़ी बड़ा था।” हरीश बाबू ने बताया, “उनके दाँत भी छोटे थे और उनकी अक्ल की दाढ़ तो विशेष रूप से छोटी थी, और लगभग हमारे जैसी थी। और फिर ये आधुनिक मानव की तरह आग का इस्तेमाल करते थे। इन सबसे यह पता चलता है कि होमो इरेक्टस, हैबीलियन की तुलना में आधुनिक मानव के अधिक निकट थे।”

“चाचाजी, क्या आग का इस्तेमाल आधुनिक मानव की बहुत महत्त्वपूर्ण विशेषता है?” सौम्य ने जिज्ञासा की।

“हाँ,” हरीश बाबू ने बताया, “हम अनेक प्रकार की, और विभिन्न समस्याओं के समाधान के लिए आग का इस्तेमाल करते हैं। गरमी प्राप्त करने, खाना पकाने, कुछ जलाने आदि अनेक कामों के लिए हम आग का इस्तेमाल करते हैं। समस्याओं के समाधान करने के लिए औज़ार बनाने की तरह आग के इस्तेमाल के लिए भी बुद्धि और कल्पना-शक्ति की ज़रूरत पड़ती है। काफ़ी विकसित दिमाग़ ही इस तरह का व्यवहार कर सकता है। तुम्हें यह जानकर आश्चर्य होगा कि कोई और जीवित प्राणी आग का इस्तेमाल नहीं करता, बल्कि वे तो आग से डरते हैं। यह आधुनिक मानव की अनन्य विशेषता है।”

“चाचाजी, हमें कैसे पता चलता है कि होमो इरेक्टस आग का इस्तेमाल करते थे?” सौम्य ने सवाल किया।

“चीन में होमो इरेक्टस के अवशेषों के पास एक गुफा में राख की परतें, लकड़ी का कोयला या चारकोल, और जली हुई हड्डियाँ मिली हैं।” हरीश बाबू ने जानकारी दी, “इन प्रमाणों से पता चलता है कि होमो इरेक्टस आग का इस्तेमाल करते थे। इससे हम उनके जीवन के ढंग पर पड़े प्रभावों का भी अनुमान लगा सकते हैं। तुम समझ सकते हो कि लोग आग के आसपास इकट्ठे होते होंगे, और इस तरह समूह में रहने लगे होंगे। यानी आग से हमें स्थायी घर बनाने में मदद मिलती है।”

“यानी होमो इरेक्टस भी हमारी तरह घर में रहते होंगे!” इतना सोचकर ही सौम्य को रोमांच हो आया।

“हाँ, शायद।” हरीश बाबू ने कहा, “ऐसा भी सोचा जा सकता है कि समूह में रहने वाले लोगों में से कुछ तो जानवरों का शिकार करके लाते होंगे, कुछ लोग बीज और फल इकट्ठे करते होंगे। यह भोजन घर या पड़ाव पर लाया जाता होगा। फिर उसे आग पर पकाकर आपस में बाँटकर खाया जाता होगा।”

आग जलाना मानव-इतिहास में मील का पत्थर साबित हुआ।

"अरे वाह, यह तो शेयरिंग हो गई!" सौम्य ने ताली बजाकर कहा, और पूछा, "तो क्या होमो इरेक्टस हमारे सीधे पूर्वज थे?"

"नहीं," हरीश बाबू ने हँसकर कहा, "लगता है कि तुम अपने पूर्वज तक पहुँच जाने के लिए बहुत ज़्यादा उतावले हो।"

सौम्य को थोड़ा संकोच हो आया। हरीश बाबू ने बात को आगे बढ़ाया, "होमो इरेक्टस की खोपड़ी और आदमी की खोपड़ी की तुलना करने से पता चलता है कि उनमें बहुत अंतर है। जैसे उनकी खोपड़ी के पीछे मोटी किनारी होती थी और उसका ऊपरी हिस्सा नुकीला होता था। उनकी भौंह की किनारी भी सीधी और मोटी होती थी।"

तभी सौम्य की माँ ने उसे पुकारा।

"माँ हमेशा गलत समय पर ही क्यों पुकारती है?" अनमने ढंग से सौम्य घर चला गया।

आपस में बतियाते प्राणी

"तुम कौन-कौन से समारोहों में जाते हो?" अगले दिन हरीश बाबू ने इस सवाल से बात शुरू की।

"किसी के जन्मदिन, त्योहार, विवाह, पूजा, मृत्यु आदि पर।" सौम्य ने सोचकर बताया। उसे समझ में नहीं आ रहा था कि इन बातों का आदमी के विकास की कहानी से क्या संबंध है?

"पिछले हिमयुग में और उससे पहले यानी लगभग 1,00,000 और 40,000 साल पहले मध्य पूर्व और यूरोप में निएंडरथाल रहते थे।"

"यानी कपियों का एक और वर्ग।" सौम्य ने सिर हिलाते हुए कहा।

"हाँ," हरीश बाबू मुसकराए, "और वे शायद पहले प्राणी थे, जो मृतकों के लिए समारोह करते थे।"

"अच्छा!" सौम्य चकित रह गया।

"हाँ," हरीश बाबू ने बताया, "इसराइल में हुई खुदाई से एक निएंडरथाल की पूरी खोपड़ी मिली है। वहीं कुछ औज़ार और जली हुई हड्डियाँ भी मिली हैं। इनसे इस बात का सबूत मिलता है कि निएंडरथाल औज़ार बनाते थे और आग का इस्तेमाल भी करते थे। एक ताबूत में निएंडरथाल महिला का कंकाल भी मिला है।"

"यानी वे मृतकों को जलाते नहीं थे, बल्कि दफनाते थे।" सौम्य ने सोचकर कहा।

"ताबूत में मिले कंकाल के आधार पर ऐसा कहा जा सकता है।" हरीश बाबू ने कहा, "उस कंकाल के आधार पर निएंडरथाल महिला के शरीर का पूरा मॉडल तैयार किया गया है। उस मॉडल से पता चलता है कि उनकी थूथनी छोटी होती थी, वे सीधे खड़े होकर चलते थे, और उनका दिमाग़ बड़ा होता था। अतः कहा जा सकता है कि निएंडरथाल आधुनिक मानव और होमो इरेक्टस के निकट के संबंधी थे।"

"लेकिन चाचाजी, वे किसके ज़्यादा निकट थे—हमारे या होमो इरेक्टस के?" सौम्य ने बेचैनी से पूछा।

"देखो, निएंडरथाल की भौंह लंबी होती थी, इसलिए इस आधार पर उन्हें होमो इरेक्टस के ज़्यादा निकट कहा जा सकता है।" हरीश बाबू ने बताया, "लेकिन निएंडरथाल का दिमाग़ होमो इरेक्टस से बड़ा था। उनमें से ज़्यादातर का दिमाग़ 1,300 मिलीग्राम तक रहा होगा। और आधुनिक मानव के समान वे अपने मृतकों को दफनाते थे। इन आधारों पर हम समझ सकते हैं कि वे शायद आदमी के ज़्यादा निकट थे।"

"क्या आदमी और निएंडरथाल में कोई अंतर नहीं था?" सौम्य ने समझने की कोशिश की।

"इन दोनों की खोपड़ियों की तुलना करने से पता चलता है कि उनके चेहरे के आकार में तो फ़र्क़ है ही, साथ ही निएंडरथाल की खोपड़ी में भौंह मोटी होती थी, पीछे की ओर एक गड्ढ़ा होता था, और बीच में गोल उभार होता था," हरीश बाबू ने बताया, "इधर हमारी भौंह पतली होती है तथा माथा और ठोढ़ी लंबे होते हैं।"

"जी।" कहकर सौम्य ने दर्शाया कि वह हरीश बाबू की बात समझ रहा है।

"इनमें और भी कुछ अंतर है। लेकिन दोनों में दो महत्त्वपूर्ण समानताएँ हैं— दिमाग़ का बड़ा आकार और मृतकों को दफनाने का समारोह। अतः छोटे-मोटे अंतरों का महत्त्व कम हो जाता है और निएंडरथाल और आधुनिक मानव को एक वर्ग में रखा जाता है। क्या तुम इस वर्ग का नाम बता सकते हो?" हरीश बाबू ने सौम्य की परीक्षा लेने के लिए पूछा।

"होमो सैपियन।" सौम्य को पूरी तरह याद नहीं था, इसलिए उसने सकुचाते हुए कहा।

"सही है।" मुसकराकर हरीश बाबू ने आगे का विवरण दिया, "समारोहों का आयोजन आधुनिक मानव का महत्त्वपूर्ण गुण है। हम समाज में रहते हैं और जब हम समारोहों में हिस्सा लेते हैं, तो खुद को समाज के एक हिस्से के रूप में देखते हैं। हम जन्म, विवाह, मृत्यु आदि का समारोह करते हैं।"

"लेकिन समारोह का इतना महत्त्व क्यों है?" सौम्य पूरी तरह नहीं समझा था।

"समारोह से हमारी जटिल सामाजिक संरचना का पता चलता है।" हरीश बाबू ने समझाया, "ये मानव-संस्कृति के अभिन्न अंग हैं। औज़ार बनाने और आग के इस्तेमाल के समान समारोहों का आयोजन भी आदमी की बुद्धिमत्ता और जटिल सांस्कृतिक विकास का प्रत्यक्ष प्रमाण है। इसका एक बड़ा उदाहरण हमें रूस में मिला है। वहाँ एक दफनाए गए बच्चे के अवशेष मिले हैं, जिसे कम

गहरे गड्ढे में दफनाया गया था। उसके आसपास बकरी के दो सींगों को वृत्ताकार रूप में रखा गया था। कब्र के पास आग जलाए जाने के प्रमाण भी मिले हैं।"

हरीश बाबू थोड़ा रुके और फिर उन्होंने सौम्य से पूछा, "अच्छा बताओ, क्या तुमने किसी और जानवर को भाषा का इस्तेमाल करते हुए देखा है?"

"नहीं तो।" सौम्य ने कहा, "तो क्या भाषा भी आदमी की अनन्य विशेषता है?"

"ठीक समझे।" हरीश बाबू ने बताया, "यह आधुनिक मानव की अनन्य विशेषता है। लगभग 30,000 साल पहले आधुनिक मानव संसार के प्रायः सभी भागों में फैल गए थे। देखने में वे हमारे जैसे ही थे। आरंभ का यह आधुनिक मानव हिरण, घोड़े और हाथी जैसे बड़े जानवरों का शिकार करता था।"

"बड़े-बड़े जानवरों को मारने के लिए तो बहुत सारे लोग मिलकर रहते होंगे?" सौम्य ने सोचकर कहा।

"हाँ, इसके लिए वे बड़े और संगठित समूहों में रहते होंगे।" हरीश बाबू ने विस्तार से समझाया, "फिर इन समूहों की व्यवस्था करने के लिए इनका नेता भी होता होगा। समूह के सदस्यों में काम का बँटवारा भी होता होगा—जैसे कुछ लोग शिकार पर जाते होंगे, कुछ घर बनाते होंगे और कुछ बच्चों की देखभाल करते होंगे। इस तरह का संगठन तभी अच्छी तरह से बनाया जा सकता है, जब समूह के लोग आपस में बातचीत कर सकते हों।"

"तो क्या ये लोग भाषा का इस्तेमाल करते थे?" सौम्य को नई-नई बातें जानकर आश्चर्य हो रहा था, जिन्हें वह खुद से जोड़ भी पा रहा था।

"हाँ, ये भाषा का इस्तेमाल करते थे।" हरीश बाबू ने स्पष्ट किया, "और भाषा का इस्तेमाल करना आधुनिक मानव की महत्त्वपूर्ण और अनन्य विशेषता है। तुम जानते ही हो कि भाषा में हम ध्वनियों या शब्दों की सहायता से चीज़ों, भावों, विचारों को प्रकट करते हैं। इन ध्वनियों या शब्दों को हम प्रतीक कहते हैं। चीज़ों, भावों और विचारों को हम संगीत, चित्रकला, मुद्रा आदि से भी दर्शाते हैं। कोई और जीवित प्राणी इतने बड़े स्तर पर प्रतीकों का इस्तेमाल

नहीं करता। कला, संगीत और भाषा आदि के प्रतीकों का इस्तेमाल आधुनिक मानव की अनन्य विशेषता है।"

"जी।" इस जानकारी को समझकर सौम्य चकित भी था और ख़ुश भी।

"तुम इस बात को ऐसे समझ सकते हो कि अगर मुझे बिना भाषा का इस्तेमाल किए तुम्हें ये सारी बातें बतानी होतीं, तो यह काम कितना मुश्किल होता।"

"बहुत मुश्किल।" सौम्य ने कहा, "अगर भाषा न होती, तो हम तो बिलकुल बोर ही हो जाते।"

हरीश बाबू मुसकरा दिए।

"ऐसा पता चला है कि हिमयुग का शिकारी मानव प्रतीकों का इस्तेमाल करता था।" हरीश बाबू ने आगे की बात बताई, "वह जिन जानवरों का शिकार करता था, उसने उनके भव्य चित्र गुफाओं की दीवारों पर उकेरे थे। पत्थरों और हड्डियों को तराशकर उन्होंने स्त्रियों की आकृतियाँ बनाई थीं। उन्होंने मिट्टी की मूर्तियाँ भी बनाई थीं। उनके बनाए हुए संगीत के सामान्य उपकरण भी मिलते हैं।"

"चाचाजी, उन्होंने भाषा का इस्तेमाल पहले-पहल कब किया था?" सौम्य ने पूछा।

"इस बात को जानने का कोई सीधा तरीका तो नहीं है, क्योंकि तब भाषा को रिकॉर्ड करने के उपकरण नहीं होते थे जो आज हमारे पास उपलब्ध हैं।" हरीश बाबू ने समझाया, "लेकिन यह निश्चित है कि जिन लोगों ने इन चित्रों और नक्काशी को बनाया है, वे भाषा का इस्तेमाल भी ज़रूर करते होंगे। कला और भाषा एक-दूसरे से बहुत जुड़े हुए हैं। चीज़ों और विचारों को दर्शाने के लिए इन दोनों में ही प्रतीकों का इस्तेमाल किया जाता है। इसीलिए हम कह सकते हैं कि शिकारी मानव भाषा का इस्तेमाल करता होगा—उसकी कला इस बात का प्रमाण है।"

"तो क्या यही शिकारी मानव हमारा पूर्वज था?" सौम्य ने नजरें चुराते हुए पूछा कि कहीं उसका उतावलापन जाहिर न हो जाए।

"हाँ," हरीश ने हँसकर कहा, "और इसके साथ ही हम मानव की कहानी के अंत पर आ चुके हैं। इस पूरी कहानी से हम समझ सकते हैं कि आदमी का धीरे-धीरे विकास हुआ है। हम हमेशा से ऐसे ही नहीं थे। और यह विकास लगातार चलता रहता है, चाहे हमें यह दिखाई न दे। अगर सौ साल पहले का आदमी भी आज की दुनिया में आ जाए, तो वह पागल हो सकता है। समझने की बात यह है कि हम अपने पूर्वजों से लंबे हैं और हमारा दिमाग़ भी उनसे बड़ा है। यह अनुभव किया गया है कि मानव का दिमाग़ जटिल से जटिल-तर होता चला गया है। औज़ार बनाना, आग का इस्तेमाल करना, समारोह करना, भाषा का इस्तेमाल करना, कलाएँ, आदि इस जटिलता के प्रमाण हैं। यह बात ध्यान देने योग्य है कि मानव शुरू से लेकर अब तक जिस तरह वातावरण को नियंत्रित करके जीवित रहा है, उस तरह कोई दूसरा जानवर नहीं रहा।"

"चाचाजी यह बताइए कि जब हमारे और अन्य जानवरों में भी निकट का संबंध है, तो आधुनिक मानवों का आपस का संबंध तो और भी निकट का हुआ।" सौम्य ने पूछा।

"हाँ, यह तो जाहिर-सी बात है।" हरीश बाबू को सौम्य का सवाल समझ में नहीं आया।

"तो फिर हम लोग आपस में लड़ते क्यों हैं?" सौम्य ने मासूमियत से पूछा।

सौम्य का सवाल सुनकर हरीश बाबू सोच में पड़ गए। उन्होंने कहना चाहा कि यह भी मानव के विकास का ही एक चरण है, जिसमें मानव सबके लाभ और हित के स्थान पर अपने लाभ और हित पर ध्यान देता है। परमार्थ के बजाय स्वार्थ को बढ़ावा देता है। बड़ा सोचने के बजाय तुच्छ बातों पर ध्यान देता है। दूसरों को नुक़सान पहुँचाकर भी अपना फ़ायदा करना चाहता है। लोभ और अहंकार जहाँ सबसे ऊपर हो गए हैं। पर उन्हें लगा कि यह विकास भी कोई विकास है, इसलिए उन्होंने उसके इस सवाल का जवाब नहीं दिया और केवल मुसकराकर रह गए।

प्रश्नोत्तरी

यह पुस्तक पढ़कर आपने क्या सीखा? यह जानने के लिए नीचे दिए गए प्रश्न पढ़ें और सही उत्तर के सामने के खाने में सही का निशान ☑ लगाएँ। सारे उत्तर सही होने पर आपको पुरस्कार में मिलेगी ऐसी ही कोई अन्य पुस्तक, जिसके लिए आपको अपने नाम और पते सहित अपने उत्तर हमें इस पते पर भेजने होंगे : मुख्य संपादक, हिन्द पॉकेट बुक्स, ई-14, सेक्टर-11, नोएडा-201301

1. क्या हमारे पूर्वज बंदर थे?
   1. हाँ, हमारे पूर्वज बंदर थे। ☐
   2. नहीं, हमारे पूर्वज बंदर नहीं थे। ☐
   3. निश्चित रूप से नहीं कहा जा सकता। ☐
   4. ऊपर में से कोई नहीं। ☐

2. हरीश बाबू ने सौम्य को यह बताने के लिए पिन दी कि...
   1. इतने छोटे स्थान से ब्रह्मांड शुरू हुआ था। ☐
   2. पिन कुर्सी पर छोड़ने से चुभ सकती है। ☐
   3. पिन बहुत महत्त्वपूर्ण औजार होता है। ☐
   4. पिन बनाने में बहुत मेहनत लगती है। ☐

3. कशेरुकी प्राणियों की क्या विशेषता होती है?
   1. इनकी रीढ़ की हड्डी नहीं होती। ☐
   2. इनकी रीढ़ की हड्डी होती है। ☐
   3. इनकी खोपड़ी में गड्ढा होता है। ☐
   4. ये चार पैरों पर चलते हैं। ☐

4. अनन्य सजातीय विशेषता होती है...

1. जो सभी जातियों में होती है। ☐
2. जिसका कोई महत्त्व नहीं होता। ☐
3. जो दूसरी जाति में नहीं होती। ☐
4. ऊपर में से कोई नहीं। ☐

5. प्राणी लुप्त क्यों हो जाते हैं?

1. उनका वंश चलाने वाले समाप्त हो जाते हैं। ☐
2. उनका जीवन-काल समाप्त हो जाता है। ☐
3. ईश्वर उनसे नाराज हो जाता है। ☐
4. प्रकृति उनके विरुद्ध हो जाती है। ☐

6. लूसी कौन है?

1. हैबीलियन का कंकाल। ☐
2. ओस्ट्रालोपिथेसिन का कंकाल। ☐
3. निएंडरथाल का कंकाल। ☐
4. होमो इरेक्टस का कंकाल। ☐

7. औजार कौन बना सकता है?

1. मनुष्य और कुछ पशु। ☐
2. मनुष्य और कुछ पक्षी। ☐
3. केवल मनुष्य, और कोई नहीं। ☐
4. मनुष्य और सभी प्राणी। ☐

8. किसका दिमाग सबसे बड़ा होता है?

1. मनुष्य का। ☐
2. चिंपांजी का। ☐
3. हाथी का। ☐
4. डायनासोर का। ☐

9. आग का इस्तेमाल महत्त्वपूर्ण क्यों है?

1. इससे भोजन पकाया जा सकता है। ☐
2. इससे सर्दी दूर हो जाती है। ☐
3. इसके लिए बुद्धि की जरूरत पड़ती है। ☐
4. इनमें से कोई नहीं। ☐

10. क्या समारोह करना मनुष्य की अनन्य सजातीय विशेषता है?

1. पता नहीं। ☐
2. जी हाँ। ☐
3. निश्चित नहीं। ☐
4. जी नहीं। ☐